牧道

索南才让 著

MUDAO

青海人民出版社

图书在版编目（ＣＩＰ）数据

牧道 / 索南才让著 .-- 西宁 : 青海人民出版社，
2024.6
ISBN 978-7-225-06740-7

Ⅰ. ①牧… Ⅱ. ①索… Ⅲ. ①散文集－中国－当代
Ⅳ. ① I267

中国国家版本馆 CIP 数据核字（2024）第 109841 号

牧道

索南才让　著

出 版 人　樊原成
出版发行　青海人民出版社有限责任公司
　　　　　西宁市五四西路 71 号　邮政编码：810023　电话：（0971）6143426（总编室）
发行热线　（0971）6143516/6137730
网　　址　http://www.qhrmcbs.com
印　　刷　青海西宁西盛印务有限责任公司
经　　销　新华书店
开　　本　890mm×1240mm　1/32
印　　张　6.75
字　　数　102 千
版　　次　2024 年 6 月第 1 版　2024 年 6 月第 1 次印刷
书　　号　ISBN 978-7-225-06740-7
定　　价　38.00 元

目 录

牧　道

1

很久以来，我一直很幸运地生活在我的牧场上。每个季节，都在山川草甸之间游荡，赶着畜群，经年重复在长长的、古老沧桑而多情的牧道之中……

每年春夏之交，雨水多了，我们便开始准备前往夏牧场。夏牧场在洪呼力，是与青海湖遥遥相望的一个山区。我的营地在海拔将近 4000 米的一个山坳里。之所以这样做只有一个原因：夏天药草长得好的地方，都是一些山石险峻之地，这些地方虽然路途艰难但对牛羊大有好处，它们每天追逐着山巅崖下的药草和花朵吃，就像一个人用中药调理自己一样。但住在这样的地方也有很多苦恼，山区的雨水往往比平坦之地要来的充足。雨水沿着山脉移动，哪里山高、哪里谷深，哪里就更有吸引力，我的记忆中，总是有一阵阵的雷雨跟着我，怎么也甩不掉。

转场的时候，三更半夜起来给犍牦牛驮东西。帐篷呀、行李呀和日用品、食物之类，这些东西统统都要牢牢捆绑在牛鞍上。这种特别需要技术和经验的活儿，我学了十多年也没有学到阿爸那种举重若轻、随心所欲的境界。每每想来甚是遗憾。后来，随着道路路况的好转，我们再也不用提心吊胆地用牦牛来驮东西了，我们有了拖拉机或卡车，只要几个小时就到营地了。不用在长长的仿佛永无止境的牧道中，加入长龙一样的转场队伍艰难地挪动了。但我们的牛羊群还是要走牧道，依然要在这条路上一步步地消磨着距离和时间。这样的旅程通常要进行两三天。春夏之交，牛羊经过一个冬天的残酷折磨，变得萎靡不振、瘦弱不堪。它们迫切需要夏天的温暖与丰茂来恢复身体。让它们在这种状态下踏上漫漫征途，实在是迫不得已。不过它们自己却并不十分担心，在转场的前一天，它们会自然而然地意识到即将面临的艰辛和之后天堂一般的生活，所以那一个晚上，羊群是不会安静的，牛群也不会安静，它们都不停地发出自己激动的声音，持续整整一个晚上。到天亮时，我们牵来马，备上鞍子，一切妥当，把它们放出圈。这时候，它们就会精神抖擞地跟着领头者，根本用不着我们去催赶，它们既规矩又兴奋地冲上牧道。一旦踏上征途，它们立刻安静下来，只是默默地埋头赶路。

此时牧道两边的草场里，青草早已冒出绿幽幽的身子，在残存的枯草当中十分亮眼。如果是一个好天气，那么转场就是一件尽管劳累但让人身心愉悦的美事。一路阳光普照，放眼所及，尽是莽莽群山，平坦之处的草地色彩斑斓，随云朵和阳光的转变而换着颜色。初夏的草原可不是简简单单的绿色，是各种各样的颜色，会出现很多你想象不到也无法形容的颜色，它呈现出一种抚慰灵魂的大美给你，以报答你对它长久以来真挚的关怀。这样的美色只有我们牧人和生活在其中的畜群们知道。我们不愿意去介绍草原的春天为什么是红色或紫色的，为什么夏天的草原分浅绿、墨绿、土绿、黄绿、白绿；我们也不会解释秋天的草原怎么就是黑色的和银色的，怎么就会突然变成一片气势磅礴的沉沉的灰；我们更不会去说冬天草原的黄色的四种区别……这些，只有我们自己知道，仿佛冥冥之中这就是需要我们保护的东西。

2

牧民的转场承载着岁月的斑驳。

我彻底脱离学校，重回牧区，正是好奇的年龄。我的身体、我的感官，乃至我的梦境都告诉我，我生来就是和草原、和牧场、和畜群、和动物血脉相连的。

那时候，家里只有两顶帐篷。其中的一顶是黑色的牛毛帐篷，已经很旧了，一下雨就漏水。我的阿爸和阿妈晚上就睡在里面，白天就把她当客厅和厨房来用。另一顶是尖尖的白帆布帐篷，也是我和姐姐、弟弟睡觉的地方。小帐篷薄而小，晚上我和弟弟睡一个被窝，姐姐睡在毛毯里。我们在被子上面盖上阿爸的皮袄。遇到夜里下雨，帐篷里也有水进来，每当这时，我们都无法睡觉，像小狗一样蹲在用高山柳铺成的床上发呆，一直到天亮。

后来姐姐出嫁了，小帐篷里只剩我和弟弟了，可我俩却因为霸占睡觉的面积而吵得不可开交……再后来弟弟去了学校，小帐篷就剩我一个人了，想怎么睡都行。可我觉得真孤独啊，再也没有多占了"一寸地儿"的满足了，睡觉也仅仅是睡觉了。

后来堂弟回来了。堂弟从学校里逃学出来，他像野马驹一样跑回草原。于是我们天天待在一起，闯了许多祸。

在搬往夏草场的前一个晚上，阿爸把十几头犍牦牛拴起来，备上牛鞍。在勒牛肚带方面阿爸极有经验，按他的说法，晚上最好不要把肚带勒得太紧，那样会使牛很难受，第二天驮东西会发脾气，但也不能太松，那样牛鞍等不到过午夜就掉下来了。那么，怎么样才是刚刚好呢？阿爸没说，他叫我和弟弟站在他身边，让我们切身感受其中只可意会不可言传的神秘的要领。他叫我俩用心，等再过两年他就撒手不管了，所有的事都得我们自己弄。我和弟弟认真地学习着，弟弟向来机灵，学得比我快，因此两年后他把这一套本事学了十之八九，而我却像从来没学过一样。弟弟他可以独自一人把自家的几头牦牛驮上驮子的时候，得到了大人的一致赞赏。我知道他并不在意这个。但他和我一样喜欢牧人的生活，尤其是骑着马一年到头在好几个营地之间穿梭，三更半夜赶着牛，赶着羊群和马群，熙熙攘攘地跋涉在长长的、起起伏伏的转场路上……

不管时间过去多久，真正的牧人永远是这个样子。

我们在半夜里动身，等到正午酷热之时可以多休息一会儿，或者慢慢地如同蜗牛一般挪动。这样的好处是可以让羊群得到喘息的时间，保持一定的体力，不至于几只十几只地掉队。但每次转场还是会有掉队的羊，多少取决于当年羊的体质。体健一些，掉队的就少一些；体弱，掉队的就多一些。羊走不动了，那真是一件既麻烦又苦恼的事情。为了这件事，我们会尽最大的努力去结识转场路途上的那些人家，和他们成为朋友，等再转场的时候有了掉队羊，就可以去求助。只要在他们的草场里放养几天，等羊缓过劲来，就可以赶回去了。

我和堂弟不愿意和阿爸走在一起，我们会想尽办法让他离开，去赶牛或者马。我们绝对不会让他跟着我们赶羊。主要有两个原因：一是他老是喝醉，能一天十二个小时不停地骂人；二是我俩青春年少，懵懵懂懂地渴望爱情，不想阿爸跟着。我俩用一个转场的过程打探清楚了沿路所有有漂亮姑娘的人家，到了再次转场时，那些被撵得都快累死了的羊就专门往漂亮姑娘家寄养，期望一来二去地能够擦出爱情火花。我和弟弟同时瞧上了一个女孩，为了究竟应该属于谁而闹了别扭，不过当听说她嫁人后，我们突然就觉得没意思了，再也没有关注过她。

有一年夏天，在热水滩的小站上，新开了一爿商品繁多的小店。店主是一位不曾谋面的美丽姑娘，我和弟弟毫无心理准备，就那么贸然地见到了她，被她深深吸引。我们在那个小店里逗留许久，和她聊天，开一些让她脸红却无伤大雅的玩笑……我俩像失了魂儿一样地从店里走出来，几乎就是三步一回头。但没走多远，我和弟弟就觉得应该回去一次，至于借口，当然充分：我们的饮料喝完了。要是在往常，一个人可以买回来两个人的饮料，但在这非常时期就必须各买各的。

我俩三拳两胜，赢家优先。

弟弟以往拳臭，但那天如同鬼神附了身，干脆利落地完胜了我。他得意洋洋地扬长而去，我内心的失落无以复加，一步也不想走了。

弟弟一去一个半小时，让我火冒三丈。他回来后我臭骂他，责令他在我回来之前把羊赶到垭口上去，因为我已经在等他之际不情不愿地消灭了老长一段路程，所以我说得理直气壮。

我打马风风火火地往回奔跑，快活得像一只空中扑棱的稚鸟。

弟弟和她聊了一个多小时，我便在此之上加了一倍。等我满怀憧憬地走出小店，站在草坪上患得患失的时候，太阳只差一步就要跌到青海湖里去了。最后一批转场的人家估计也已经翻过了垭口。

我在洪呼力河边追上了弟弟，他比我更加恼火。我和他美美地吵了一架，这是我们第二次因为女人而争吵，真是不可思议。我第一次强烈地感受到对异性的关注和迷恋带给我们兄弟之间的隔阂，由此产生一个我以前从未想过、而今却突然摆在我们面前的难题。我不知道该怎么去解决，不知道有没有一个两全其美的办法。我先想到假如要我在弟弟和那个美丽的姑娘之间选择的话，我会怎么做？当时我罕见地原谅了弟弟对我发出的几乎是要打两拳的愤怒，我默默地过了河，追上羊群。

我和弟弟回到营地的时候，阿爸迎面而来，大声质问怎么回事？我和弟弟商量好了一般撒谎说：路上和别人的羊群混合了，整整分隔了四个小时……

我们都没有提那个姑娘。

等过了两个月，我们重新返回秋牧场、经过那个商店时，里面的人却不是她，这让我们都松了一口气。我俩从此再也没有说起过那个女孩。

如今，我们聊天的时候，常常在不经意间回忆起这件往事，多么可爱的往事啊！一晃，好些年过去了，往事如风，失去的永远最宝贵。

弟弟比我成家早，他已经是两个孩子的父亲。我们都已经是父亲了。岁月像牧人的皮鞭一样催着我们成长、成熟，但从前的回忆越来越宝贵了。我们的父辈们缅怀过去的时候，我们兄弟又何尝不是如此。弟弟说他还算年轻，可很多事情已经不记得了，他怕他再也想不起来了。他在我的嘲笑中感叹岁月不饶人！

又到了一年转场的季节，我们将再一次踏上前往夏牧场的牧道。这条牧道我和弟弟从婴儿时就开始走，多少年，断断续续、走走停停，早已把每寸土地都凝固在心上。一点一滴，我们见证了这条年年都繁忙无比的道路的改变，

也见证了沿路的蒙古族牧民部落和藏族牧民部落的兴盛和
败落。我们应该会走很久很久，就像祖辈们，就像父辈们，
从小走到老。也许转场才是牧人的年轮，每转一次，就是
一岁。

3

以前，祖父总是讲他小时候的事。他记得那么清楚，
仿佛那些事情就在眼前发生，一遍遍演绎，而他就是唯一
的观众。可能是因为经过六十年的孤芳自赏，他意识到应
该再添一个观众了，于是成了他长孙不到六年的我，就成
了他争取——也是当时最好最容易成功——的目标。因为
那时候天天陪伴着他的只有我。每天天气好的时候，他拉
着我的手去散步。他拣着已经干透的草地走，一边酝酿着，
一边缓缓地、用已被成千上万个日日夜夜的烟酒破坏掉的
嘶哑嗓音把他的童年娓娓道来。我是那么着迷于他的讲述，
以至于没过几年就早早下定决心，一定也要把自己的童年
完完整整地保存下来，以便到了他那个年龄的时候讲给我
的孙子听。我被这个想法带着的一股摧枯拉朽的力量把我
俘虏，再无反抗可言。

　　所以从那个时期开始，我特别留意自己的一切，总是想法子加深印象。这不是一个好习惯，多年后我才明白只有最自然的童年记忆才是最值得记忆并保存的。但在那时——一个好奇而且还愿意较真的年龄——我满脑子只有一件事，就是像祖父一样把所遇的事都清清楚楚地记住。但从另一方面讲，这事也不坏，例如现在，我可以从容地从一大堆堆积物般的记忆里找出一些认为有点意思的往事，再把它们像念珠一样串连起来，成为看起来完整、漂亮的一段童年故事。这可以是一个混混沌沌地活了三十年的一个牧人的半个传记，也可以什么都不是，或者可以是千千万万人类中的一缕细细的喋喋不休的声音……

　　但这也罢那也罢，我都得去刨翻那些多数被骚动的少年、欲望的青年以及患得患失的当下所掩盖、重压的"记忆模块"，擦拭干净，挑取精华。

　　在我还没出生前，德州地区比如今少了三十年的破坏，因此显得还不错，冬天最糟糕的时候，也少有像大雪一样的沙尘暴。虽然也有风，但被吹刮起来的是一卷一卷的枯草——宛如黄色的车轮一样滚动——而不是别的。我就在那样美好的一个冬天出生了，我的早早地被祖父准备好的名字马上派上了用场——他坚信我是一个男孩。我临世听到的第一个声音是大伯的，他带着神圣使命，叫了一声——索南才让！

于是我就成了那时候的、现在的，以及将来的我。

索南才让——寓意富贵长寿。祖父把世间最奢侈的东西全部装进了我的名字里，我就背着这些祝福开始了生命之旅。

我的祖父有一匹格外老实的大黑马，他的这匹大黑马干什么都少不了：放羊牧牛、串亲戚、驮东西、寻牛寻马，等等。当然他也让我骑，不过我太小，还不能独骑，所以都是祖父搂着我。他有一个很宽大漂亮的马鞍，我就骑在鞍头的位置，抚摸着那一溜儿纽扣大小的光芒闪闪的铆钉和红红绿绿的玛瑙，瞧着路途上的一切……那是我关于骑马最早的记忆，仿佛之前的都被删除，我的人生突然就从一匹黑马上开始……就是说我惊醒，发现自己正在旅途之中，四周阔达辽远，天气绝好，万里碧空如洗。一大群牛羊在眼前滚动，形成一片层次分明的云彩……有好多人在驱赶这片云彩，我仔细一看，似曾相识，再一琢磨，觉得他们和我脱不了干系。果然事实证明我是对的，他们不是我的叔叔就是我的姊姊，不是姑姑就是姑父……但奇怪的是我没看见我的父母。一想到父母，我的脑海里肯定是已经出现影像了——这是所有人都有的东西——只要他们在这里我一眼就可以认出来。也没有我的姐姐，对她的熟悉我是相当肯定的，她只要出现在我几米的范围里我便可感应到，我找了几遍都没有她的身影，于是就扭动身体想下马去找，却被祖父阻拦。我极为不满，嚎着嗓子哭起来。他根本没有要劝我的意思，我偷偷一看，他叼着那柄黑不溜秋的烟斗，用足有他巴掌大小的打火机——后来知道了加的是汽油——和半截木棍似的指头摩擦出一束火苗点烟。他的满是沧桑的脸粗糙得像一条砂石路，眉毛的长度超过了我的头发。而他的头发既短又硬，像顶在脑袋上的钢针。他的眼珠泛黄，看人的时候那个人仿佛被一头野兽盯住了——他的暴躁的脾气远近闻名——所有人都怕他。

但我不怕，全家最不怕他的人就是我，祖父对我的喜爱令我备受其他亲人的宠爱，谁要是冲我发火那他就惨啦，非得被祖父狠狠地收拾一顿不可。所以哪怕他们有谁不喜欢我，也得对我赔着笑脸，违心地夸我。可话又说回来，我一点也不调皮，乖得不得了，完全是一个极品乖宝宝。他们没理由不喜欢我——除非他们中有人看着小孩就烦——

因为我是第三代唯一的一个小孩。

祖父不理我，这时候我就怀疑他对我的宠爱是不是真的，为了试探我哭得更厉害了，嗓子都哑了。那段时间现在无法知晓有多长，反正自始至终，他没看我一眼，优哉游哉地抽着旱烟，把我呛得够惨。后来的哭于是就变质了，不再是为了下马哭，而是真的有痛苦。

我其实哭不了多长时间，因为哭也是需要体力的。而我天生瘦弱、娇脆，所以一感到累，我就不哭了。这时候我们到了一片宽展的草地，祖父一声令下，就有人跑到前面去截住畜群，其余的下马，取下马褡裢，我最小的叔叔扶我额吉下马，顺便把拐棍也递到她的腋下。她多年前就残了一条腿，而另一条也不怎么好使。她的磨难容我今后再说。祖父把我从马上揪下来，顺便也在屁股上踢了一脚。他还好像骂了我，因为我就是在那一刻对他蠕动的胡子有了极为深刻的印象，回忆起来，他那时候的胡子好像挺黑的，远没有头发那么白。而且他的胡子只有鼻子下面有，别的地方都刮得干干净净。他的胡子在我的眼中和心里留下了一种黑暗的色彩，胜过往后的一切黑暗。即便到了今天，他那黑暗的胡子依然在缓慢地活动着，时常在我紧张的时候于脑海中晃悠一下，如同那时收音机的信号般时断时续。这种奇妙的感觉（或者是幻想）最初诞生的几年叫我烦不胜烦，再以后，随着我对颜色的理解更加深入，我和它相处得便很是愉快了。它直接——有时候是间接——地让我和祖父产生联系，似乎只要他愿意，通过这黑暗的通道就可以找到我。我想起祖父——更多的是梦见——百分之八十都有它在场，真是怪诞啊……

我们围坐在一起，大家简直莫名其妙地开心，笑声不绝于耳，有的难听刺耳，有的像被冰水刺激了一下，而有的像被糌粑噎住了嗓子……他们没有一个笑得是正常的（在我看来）。遗憾的是我基本没记住他们那会儿的表情，姐姐也不例外。但我却记住了远处孤零零的一顶黑牛毛帐篷，我记得那帐篷看起来简直就是一个超大的黑蜘蛛！它周围竖立的木棍和用木棍挑起来的绳子就是蜘蛛的腿……

一天时间，我刚产生记忆，能有祖父的胡子和蜘蛛一样的帐篷就已经很不错了，但当祖父领着我，到了那个多少让我感到不舒服的帐篷，看见里面眼花缭乱的食品。尤其是他给我买了一些糖，我的嘴里流溢液体时，我对甜美和糖果的记忆一下子追溯到很久以前，我都不知道那会儿多大，可我却记得第一次吃到糖果时的那种震撼。糖果也许和母亲的乳汁一样，是我最初的最本能的几个符号之一，我相信我的敏感来源于对这些符号的依附，我从这里吸取了决定性格的一些养分，通过逐渐增加的各种其他的符号完善、培养它们，使之以符合我的本能的要求成长。

我对乳汁的依赖就是对亲情的依赖。而蒙古人对乳汁的依赖便是传承的一部分。

祖父领着我返回时我已经混混沌沌，沉浸在自己幼嫩但至关重要的浅而薄的甚至是残存的记忆里。我开始以特殊的方式——也是每一个人都有的——试图掌控突然间就出现的东西，我的占有欲是那么的强烈，以至于不允许出现意外……但我因为年龄小而正是一个"弱者"，这个词就意味着要失去很多东西；或者说我连这个都谈不上，没有一个坚强的保护，还能怎么样呢？

这次匆匆结束的——直接是被断裂——感受到了以后的某一年，会以意料不到的方式回归，那时我已不再很是需要，我的本能不会停留在一个阶段，它也在随我成长，它的需求也是奇奇怪怪，试问，在它需要异性的气息和蠢蠢欲动的欲望时，我要五岁时想要的东西干什么呢？但我还是没有拒绝，把它留了下来。

那天下午，阳光专门追着我的脸蛋晒，因为稚嫩的皮肤更容易让它有成就感。我们在那片至今都会停留——成为一种习惯，在转场的过程中必须完成的仪式——并吃一些简单的饭食的草地上坐了好几个小时。其间我的几个叔叔和唯一的一个姑父轮流去截住非得要走的畜群，他们每次都用有棱角的石头招呼领头的牦牛和羯羊，但他们不敢对马群动手，我们家的马群在祖父的呵护下像一群娇生惯养的小姐。由于天天好吃懒做，它们身上的力量随着每一点肥肉的增加而相应地削弱，多年来没出过好马，因此叔叔们死了心，转而去用牛羊换别人家的马了。

经过我的考证，得知那年之所以坐了一下午，是因为有一头驮牛的背受了严重的压伤，而其他的几头也有不同程度的伤势。为此，祖父大发雷霆，差点动手揍了负责备牛鞍的三叔和四叔。那些年由于经济和草场双重的压力，每家每户的驮牛都没有多余的，一次受伤五六头就严重了，休息一天是最好的办法。

傍晚的时候，我一回神，发现已经有尖顶的黑白两色的小帐篷扎好。我的额吉坐在一座有炉子的帐篷门口，遥遥地喊着谁把什么东西拿过来……

　　不远处叔叔们钉好临时的牛挡，和婶婶们一起把牛群围住，最有耐心的三婶和小叔在牛群里穿梭，把一头头驮牛慢慢地赶到牛挡里拴住。这件事要耗费多少时间得看那些驮牛是否老实，因为是在一个陌生的不曾住过的地方被拴住。驮牛们很是警惕，不会轻易就范。好在我们家有足够的人手，所以太阳落山前，所有的驮牛都卸去垛子，卸去了牛鞍。那几头受了伤的牛被叔叔们捆起来放倒，祖父勒令我老老实实地待在额吉身边，他查看牛的伤势并想办法治疗去了。

　　我对他们接下来要干什么充满好奇，央求额吉放我过去，但她绿色军帽（那时候很流行）下的眼睛笑眯眯的，她握着我的手，另一只手不停地摸我的头，用地道的德都蒙古语叫我听话，不然等一会儿不给糖吃。

　　我这才想起在那个帐篷里买的糖祖父只给了我两块，其他的都交到额吉手上了。于是我立刻改变主意，用惯用的伎俩求求她给糖吃。她一边给简易的石头炉子里添牛粪，一边说给啊给，吃了晚饭就给……

　　我预知无法得到好处，就乘着她的目光游离在群山重峦间，苍老的总是把忧愁掩藏而把强颜欢笑紧紧抓住的脸庞出现泪水之际挣脱而去，我因得逞而欢快地咯咯直笑，在柔软的草地上撒腿奔跑，全然没去理会她为什么会突然间泪流满面。后来我才知道，那一天正是她的第四个儿子去世的忌日。我的这位素未谋面的叔叔命运多舛，来到世上不足十年却因病而受尽苦难后悲惨地死去。他死了将近二十年，额吉却愈加地伤感，她怕祖父责骂，只能偷偷地哭泣、想念……我在草地上摔了一跤，站起来朝她挥手，叫她过来。额吉哄我过去，说马上就给糖。她果真拿出一把花花绿绿的、在手心里闪烁的东西，我看了看那些的确无比诱人的糖果，又瞧了瞧祖父和叔叔好玩的工作，一时难以取舍，愣在那里作比较，最终还是好奇心冒出了头，我跑向祖父。他老远就扭过头，一张大脸被太阳晒得紫红紫红，大吼一声，试图吓住我。但我摸准了他的脾气，他从来都不会打我，即使我再怎么调皮都不会。我依然朝他跑过去，绕过一条毛茸茸的粗大的牛腿扑到他的怀里，他慌忙地腾出手，笑骂着接住我，在我的脸上亲了又亲，用短刺的胡子扎我的脸。

他嘱咐两个叔叔该怎么做（尽管他们早就不需要他的事事指导，但他那爱指挥人的毛病一辈子都改不了），然后牵着我的手，绕过牛群。远处散开觅食的羊头齐齐地朝着夏营地的方向，它们没有得到命令，不敢擅自行动，但在几个领头的羯羊的带动下还是缓慢地、一步一步地朝雪山周围遥遥在望的高寒地带缓缓而行。

祖父和我走到一个可以看到头羊的地方，他发出一连串的号令，粗哑的声音响彻草原，震得我耳朵疼。领头羊看见了祖父，也听到了号令，极不情愿地、笨拙地掉过头，依然是一边挑食着花草，一边像老人散步一样迈着步子。

祖父盘腿而坐，把我抱到他的腿上，皮肤松弛黑紫的手指着那些白云缭绕的雪山，说那就是我们的夏窝子，明晚上就可以睡在那里了……那里草的味道是又香又甜的，泉水比冰糖水还要甘美……他的叙说让我又惊又喜，一想到可以天天喝到冰糖一样甜的水就喜不自胜。祖父哈哈大笑，笑得歪了身子，把我抖到草地上去了。他摸出烟斗烟袋，我一看到烟袋就赶忙爬过去，去使劲地嗅那烟袋，不知道是什么原因，祖父的烟袋总有一种甜甜的、涩涩的香味，使我闻了还想闻，越闻越想闻。每当这时祖父就美美地吸一口烟，对准我的鼻子吹出来……浓烈而呛人的蓝烟刺痛我的眼睛，让我咳嗽，眼泪大颗大颗地滚下来，我又哭起来，伸出小手去打他。

祖父最开心的时候就是我吃瘪的时候……

驮牛都拴好了，姑姑婶婶们将几头会领头的乳牛也拴住。牛群离开牛挡，在周围散开，有的去找水喝，喝完了慢悠悠地回来。在有"炉子"的那座小帐篷里，最里面坐着祖父，他的一边是额吉，一边是我，几个叔叔依次排列坐着。帐篷就那么小，坐不下所有的人，姑姑婶婶们就只能蹲或坐在门口，这时太阳落山，空气一下子就变得凉飕飕了。大家说说笑笑地喝几碗奶茶，婶婶们就张罗做一些简单的晚饭了。她们那时候是那么的开心，无论多累，笑声从来不断，时而窃窃私语，时而捂嘴偷笑，时而又憋不住大声笑出来……

祖父脸一拉，怒斥了她们一顿。她们怕祖父怕得要命，立刻就安静了，可不一会儿又开始了……

最勤快的星星出来了，和天边的燃烧的云彩一起璀璨的星夜来临，月牙儿露个笑脸。

炉灶里的火舌从锅底冒出来，四下起舞。火星子宛如跌落草地的星星，正在努力回到天上去……

吃了晚饭，夜已深沉，星空低垂，大地寂寥。几只狗一会儿吠着跑到西面去，一会儿又跑回来，围绕着羊群转了一圈又一圈。几个叔叔把牛群都收拢回来,他们夹着铺盖,分开睡在牛羊群的周围。半夜里要是狼来了,他们马上就会知道。

我、祖父、额吉和姑姑婶婶们睡在两座帐篷里,我与祖父一个被窝,央求他讲故事。他每回都爽快地答应,但每次都是讲同一个故事,日复一日,我烦得不能再烦了,再也不想听,于是转而让额吉给我讲一个。额吉的故事很少会重复,她还会讲恐怖故事……那天晚上,她给我讲了一个坏哥哥和一个傻弟弟的故事,那个故事如今看来其实情节很短,但她就是有一种本事,可以将小故事讲得很长很长。

听着故事,想象着故事,从帐篷张开的门看着墨蓝色的天空;那些随自己心意闪动的星星,那些难以辨别的野兽的呼唤……也许我做了梦,梦的经历就是我成长的经历。

凌晨过去不久,我被额吉摇醒,朦朦胧胧,外面一片漆黑,无边无际。帐篷里只有我和额吉,他们都在外面忙碌着,牛在哞羊在咩,人声沸腾,他们忙得好不热闹。不用额吉催促,我自己穿好衣服,就想去瞧瞧,但额吉再次把我拽住,严厉地警告我天黑危险,一步也不能出帐篷。她挪到门口,一边烧茶,一边叫我到身边,一起坐着,烤着暖烘烘的火，看他们忙得脚不沾地。祖父的暴脾气在这个时候就像被点燃的火一样，对谁他都以吼声来命令，吓得姑姑婶婶们跑着干活，叔叔们乘他不注意瞅一眼，白一眼，把骂他的话都在肚子里重复几十遍……我后来认为叔叔们就是那么做的，因为再后来我对父亲也是这么做的，他们没理由不这么做。

等他们把垛子都驮好，放开乳牛和驮牛，女人们急急忙忙地回来，赶紧就着热茶吃个"者麻"，然后把帐篷都卸了，叠好捆好，驮到一匹老马上去了；而男人们则截住蠢蠢欲动的牛群，两个人在牛群里指指点点地数数，来回两三遍，直到两人的数字都相同了，这才放牛群前进。他们回来坐在空荡荡的火边，每人拌一碗糌粑，大口吃完，紧接着大口大口地喝几碗茶，随即风风火火地跟着牛群去了。剩下祖父、额吉和我，还有姑姑婶婶们牵着驮帐篷的马，领着几只狗，赶着羊群跟在他们后面。

这时候天边已经发亮了，麻雀到处在叫。草地被露水沾湿，用手一摸就像许许多多小鱼从手掌滑过。祖父将我搂在前面，他很有韵律地吹着口哨，大黑马很有节奏地踩着步伐，我就在这样的运动中迷迷糊糊地睡着了。

一个牧人的生活

薅羊毛的季节

剪羊毛都集中在七月，那会儿搬到了夏牧场。由于没有羊圈，剪羊毛这事就显得挺费劲的。我们小孩都要围在用铁丝网临时做成的羊圈外，手里拿着高山柳枝条，跑来跑去地把探出铁丝网空隙的羊脑袋抽打回去。我们要不停地跑动，一刻也闲不下来，直到羊毛全部剪完。要是不小心一只羊从空隙中钻出去了，整个羊群都会咩咩地叫着骚动起来,然后会有第二只钻出去,紧接着第三只、第四只……冲动了的羊群是挡不住的。所以大人们一遍又一遍地提醒我们堵好羊,千万别让它们跑出去……

整个夏天似乎都在剪羊毛。整个夏天阿爸都是醉醺醺地回来。因为剪完羊毛了就要犒劳大家,就要美美地吃一顿、喝一顿。

剪羊毛的季节里大人们可比小孩子玩得嗨多了。

如今人们六月就普遍开始剪羊毛了。这大概是羊吃了粮食的缘故,粮食没有让它们彻底垮掉。到了春天青草冒芽,它们就在啃食青草的过程中像气球一样一天天饱满、精神起来。它们的脸上的旧毛一天天地脱落,等到整个儿脸都换上光洁明亮的新毛的时候,就意味着它们已经做好脱去旧衣裳的准备了。

今年我和堂弟、表弟,还有三个朋友搭成一组剪羊毛。先从表弟家开始。早上天气很冷,有淅淅沥沥的小雨。五点半表弟打电话来:“你说这雨会一直下吗?”我说我怎么知道,想下就下不想下就不会下。他说这是什么意思?他怎么听不懂。我说“神马都是浮云”。他说去你大爷的。他说等到八点多要是天气不晴朗就他妈不剪了。他说话的语气带着愤慨，还有点酸酸的郁闷。这是因为每年——几乎有七八年了——轮到他剪羊毛的时候老天爷就是不好好配合，就是铁了心的要给他捣乱。他的怨气呀什么都一年年地积攒下来，肯定也不少了。所以我理解他。我说没事，我觉得可以剪。他担忧地说要是一直不停怎么办？我说就算下刀子今天也要剪。他"嗯"了一声，仿佛在电话那边咬牙切齿地鼓了劲儿。

他也知道，要是今天剪不了，那他就会被排到最后去。他还要等好几天，这期间也会有因天气不好而剪不成的时候，这样时间越拖越久。从十七号开始有一场盛大的、为期四天的赛马会，二十五号牧民开始统一转移到夏牧场。时间已不多了，他拖不起。

九点二十分，雨有点要止住的样子。表弟说别管了，剪！他打电话给等消息的人们。

到了十点，人们都到齐。我们每人数了十根捆羊的绳子后，冲进羊群，专挑那些肚子及脖子等部位的旧毛都脱掉的、背上的旧毛浮动得厉害的羊抓。这种羊的新毛已经长了，羊毛剪子会走得又利索又轻松。每人抓十只羊为一绳。剪完一绳再抓第二绳。谁会抓羊，谁剪得速度快，第一个剪完就可以坐着休息，一边喝啤酒，一边磨羊毛剪子，为第二绳做准备。第一绳、第二绳是最快的。抓的羊体质好，新毛顶得好。不过一个羊群当中有好羊当然就有差一点的羊。到了第三、第四绳，剪的速度就会慢下来。

除了剪毛的六个人，其他人把完整的羊毛一片接一片地铺好，然后把散碎的羊毛放到上面，再接着把羊毛像叠被子一样叠起来，两个羊毛"被子"捆成一个疙瘩。捆绳也是用羊毛搓成的。还有给羊打号的人。表弟的羊的号是红土和牛油、机油混拌的，用棍子在羊的三岔骨的地方横向拉一道，然后再在尾巴上方揉一个圆点，颇像个"丁"字。每家的号都不一样，有区别才不会混淆，丢了也容易找回来。草原上的羊的脊背上尽是这种千奇百怪的"记号"，只要你愿意，各种颜色、各种样式都能找得到。

为了尽快地剪完，我们午饭也没吃。下午五点多，三百七十只羊，羊毛全部剪完、捆扎好，堆放到车库里。一共有九个羊毛疙瘩。按照行情，这些疙瘩能卖个一千多块钱。

拔牛毛的"英雄"

起先是有阴云的，黎明时。但太阳一出来，仿佛推土机般把所有的云统统推了个一干二净。今天的活儿是拔牛毛。我叫了朋友尖木措和姐夫年志海帮忙。尖木措是本村的，离我家近。姐夫住在托华村，在十几公里外。另外还有弟弟两口子。

牛群在春牧场。从冬牧场到春牧场有二十公里，路是沙砾路，不好走。路刚修好的那年最好，后来一年不如一年了。因为要翻过一个垭口，年年被不同程度的洪水冲击，很多地方都冲断了。最麻烦的是垭口上居然出现了一眼泉水，就出在路底下，把垭口的那段路给泡成一滩烂泥了，来往的车辆只得另辟蹊径。人们说服达力特把他家的位于垭口的那段草场的铁丝网拆除，挪出一条路。听说达力特是很不情愿的，但又没办法。他只能自认倒霉了，让出来的那点地差不多有三四亩，是永久让出来的。详细一算，也是一笔不小的损失。

拔牛毛用的工具叫"巴特尔"，蒙古语的意思是"英雄"，挺有意思，是因为它能把牛毛拔下来，所以是英雄吗？也许根本不是这个意思，我从来没有深究过。

"巴特尔"很简单，一根牛角，留下角尖处的六七寸，在最尖处一厘米的地方凿一圈，形成一圈"楞坎"，拔的时候牛毛就在那里被缠一圈，一只手握住"巴特尔"，一只手攥紧被缠绕的牛毛尾部，然后用力一搜，一撮牛毛就拔下来了。过程是重复的，牛是疼痛而挣扎的。相比拔，抓牛更显得吃力。小牛也是牛，也有一大把子力气，更何况大牛，更何况成年的公牛。

抓牛用甩套绳，我们这里叫"撒绳"。就是一条长绳，一头拴一个环，把绳子穿进环里，形成一个大环，再把绳子盘在手里，对准牛头撒出去……撒绳当然需要技术，牛不会静静地站在那里让你套。它们被套得次数多了，精明了，看见绳子就跑，把头藏得低低的，让你找不到一个合适的机会。

对于我来说，这是完全没有问题的。几年前整个草原的牛群得了口蹄疫的那个夏天，因为要治疗，每天傍晚或是清早都要抓牛。我就是在那会儿得到一个绰号——"索一绳"。什么意思？就是说我抓牛只要撒一次绳就好了。一头牛撒一次绳，很少有失误。与我同时得到绰号的还有"巴一拧"和"扎一针"。我套住了牛，巴音过去抓住牛角，一拧，就把牛拧倒在地，扎西才让在牛脖子上只需一针，就能准确无误地把药送进血管里。

"索一绳""巴一拧""扎一针"配合完美，行云流水，在实践中培养了默契。

言归正传，我开着自己的二手吉利轿车，拉着妻子、弟弟和仁青卓玛去春牧场。翻过垭口，景色和德州变得不同了。这边是一片璀璨的绿色，绿得让人心里发痒，只想跑出去在草地上滚一滚，闻一闻带着甜味的香草。德州那边虽说景色不错，但因为多有蒿草的缘故而黄不棱登的。

沿途经过小相其布、仁青加、大汉多多、尕道道、尕索南等人的草场，来到我的草场边。我放下妻子和仁青卓玛去草场里赶牛，我接着向前行驶，到洗羊池那里等着。我的草场里没有圈，洗羊池却离得不远，周围很多牧人有需要时都到这里来。洗羊池本来两边都可以用的，但不知什么时候西边的那个圈倒塌了半面墙，用不上了，现在只剩下东面的，可也已经不堪重负，到处裂开大口子，随时有可能倒塌。洗羊池也就是刚盖起来的那两年每年秋天用来洗羊。后来牧人们开始在自己家里洗了，在羊棚里用喷水器喷洗，效果一样好，而且还不那么费劲。

今天还要打"出败"，是一种防御性疫苗，每年春秋两季都要打。今年我被杂事拖累，又犯懒，这才拖到现在。

我和弟弟商量着过几天，等这阵子忙完了去张掖收购西门塔尔牛犊来育肥。他说现在价格涨得厉害，三个月的小公牛都要六七千块，大概赚不了多少钱了。我深以为然。自从 2012 年牲畜的价格暴跌以来，干什么事情都干不成。因为我们的根基就是牲畜和草场，从事的都是与这些相关的行业，所以注定了艰难。

仁青卓玛和妻子把牛群赶过来，赶进洗羊池里。圈门不能用了，残破得不成样子。我去昂力杰家，找到一个用来堵羊圈门的铁拦板。给尖木措打电话，无法接通，可能正在垭口那一带，那里是没有信号的。我们开始分工：我打针，弟弟给打过针的牛背上抹一点已经用菜籽油拌好的红土，以免弄错了再戳一针。仁青卓玛和妻子给今年的小牛犊戴耳穗。要拔牛毛的牛就先不用打了。不能拔牛毛的是今年产了牛犊的母牛、比较瘦弱的牛。我算了算，有十三头，所以很快就打完了。就这会儿工夫尖木措赶来了，他脸色蜡黄，睡眼惺忪，说是昨晚喝酒到后半夜，几乎没怎么睡，要不是已经答应了我，他就不来了。

他从车里拿出手套和帽子，同时也拿出来一瓶啤酒，说难受，得喝几口。他知道我和弟弟不怎么喝酒，也就没让我们喝，自个儿一边一口一口地啜着，一边抓剩下的小牛犊戴耳穗。

摔牛是一项技术含量高的活，有了窍门，你不用费多大的劲儿就能扳倒一头成年牦牛，没有技巧就得下死力气，还不一定成功。但也就是在春天，到了秋天，可就不那么容易了，犄角轻轻一晃动，你的手握得再紧也会被甩脱，不小心还会被打伤。有的牛会故意撞你，把你撞飞了。有的在你压着它的时候用后蹄子往前踹，你不小心就会被踢到，在身上留下一道疤痕，不过后蹄子如此巧妙的多是小牛，一岁两岁的小牛的腿脚格外利索，既有力又飞快，踢中既伤。踢到脸上，运气不好就会留下痕迹，在这片草原上，脸上有疤痕的人，那些记号大多都是牲畜赏给他们的。

尖木措软绵绵的，牛也扳不倒，毛也拔不动。他喝完那瓶又取来一瓶。他喝了酒之后，脸色好看了点。

姐夫是骑着摩托车来的，他的衣服上全是灰尘。姐夫的背有些弓，有一张大嘴和一对粗眉，说话慢吞吞的，他的口头禅是"啊……"会拉出一个长长的尾音，特别有意思。

午时，简单吃了点东西，就在圈外干净的草地上。锅盔馍馍，暖瓶装的奶茶，一些散称的饼干和零食，几瓶饮料……

尖木措不吃，说喝了酒吃不下。他明显有些醉了。但他酒量好，可以保持这个状态很长时间，因此我不担心他。姐夫说了他家拔牛毛的日子，我得去帮忙。由于要维修房子，这段时间他和姐姐忙得不得了。事实上他俩好像永远要比我们忙。

尖木措喝了两碗奶茶，他问我写书的事。我简单地介绍了一下，他似乎并没有懂，但也不再问了。对于我写小说这回事，牧场上的很多人都是一头雾水，不知道是怎么回事。他们可能知道一点，比如是和写字和书打交道的，但也只能到此了。他们身边从来没有过这种事情，我就是一个意外。所以他们长期对我保持好奇也就不难理解了。

姐夫四月底收购了一批羊羔，就是前面说过的，两百三十只。前天又去刚察，拉回一车"童娃"（两岁小羊）。他让我给找个卖家，说是四百五收的，现在卖四百七。

"羊好！没有大肚子，"他说，"你的羊羔谁买走了？"

"我们村的才恒本。"

"那你问问他。你的羊羔卖得好！"

"算不上好，"我说，"我从一断奶就开始育肥，都已经一个多月了，料钱都有几千块。"

"嗯，"他说，"不管怎样，卖得很好。你就跟他说我的'童娃'比你的羊羔贵不了多少，但怎么说也是大一岁的羊，你说呢？"

"是，"我说，"你今年那几次贩牛赚得好。"

"嗯，零花钱没断过。但现在不行啦，涨得厉害。"

"听说果洛的牛便宜。"

"不知道啊，红卫他们三月份拉过一车，后来不知道怎么样了。"

"红卫？"

"就是我们村长的弟弟。"

"哦，"我说，"接下来你有啥计划？"

"没有。现在有点怕，万一价格塌下去呢？"

"走也不是，停也不是。"

"就是。"他说。

妻子把饼干的塑料袋都收集起来，装到大一点的食品袋中。还有半暖壶奶茶，我和姐夫、弟弟每人一碗喝了。尖木措这会儿躺在一边，似乎睡着了。

剩下的牛多数是大牛，有几头犍牛、几头公牛、几头今年没有产犊的母牛，总之都很有力量。这些牛不可能再像之前那样随随便便地扳倒了，而是要把一双前腿捆起来，接着在后腿上也缠一圈绳子（绳子必须和前腿上的是一条），然后用力一拉，后腿的绳子一收紧……再紧跟上去一个人将牛头随着牛身扳动，以便牛倒下时及时按住，不让它抬起头来。无论何时，脑袋是最重要的。

话虽如此，但想要把一头几百斤的大家伙完完全全地放倒在地，真不是一件容易的事，尤其是公牛。公牛是草原上最危险的动物之一，脾气暴躁的公牛——尤其在发情期的公牛——危险超过任何一种动物。

我有两头公牛，一头不用多说，因为年龄、脾气、品种等诸多因素，它并不那么凶悍；另一头就不一样了，它是真正的野牛的后代，它的父亲母亲都是纯正的野牛。刚到我的手里那会儿它很小，还不到一岁，但已经和其他的牛截然不同了。倒不是说他不像牛，而是说他的行为比家养的牛野蛮多了。它见到什么都要拿头，拿那对日渐粗壮坚实的犄角去碰一碰、去撞一撞，仿佛他的犄角和头每分每秒都痒得难受，非得和什么东西摩擦得血淋淋才肯罢休。等他长到两岁，就更加狂野了，视一切来犯者为生死大敌，它的战斗欲望没完没了。更可气的是，他的霸占欲望简直

强到离谱，小小年纪（说实话连大母牛的后背都不能完完
全全地跳上去）就欲行使自己的特权，将所有的母牛都视
为自己的禁忌，居然妄图赶走其他的公牛，独霸整个母牛
群体。显而易见，它的计划是不会成功的，牛群里有大公
牛，它还不是对手，在战斗中败北。我以为它会消停一阵子，
没承想他的取胜之心无比强烈，天天都要和那头大公牛较
量一番，虽然每次都败，但却在战斗中长得更结实了。到
了第三年它便毫无悬念地霸占成功了。

现在，它已经是一头四岁的成年公牛，野性在这四年
中一点也没有被磨灭，反而变本加厉了。除了那头乖巧的
公牛，它不允许任何公牛出现在牛群里，哪怕不是发情期
也不行。而让我感到奇怪的是，他居然可以容忍那头公牛
的存在。我搞不清楚它们之间是否有什么协议，但我可以
肯定的是，那头公牛并非只是摆个架子，每年有一些种子
的确就是它播撒的。真奇怪啊！

夏天是它最忙碌的季节，它要尽好一个公牛的职责（事
实上它自从有了这个能力后，就一直都很兢兢业业，从不
懈怠），它还要防备入侵，随时准备战斗。它其实是乐此不
疲的，似乎永远想这样快乐而忙碌地活下去。

　　眼下，我们用两个套绳套住它，分别拽向两个方向，他若是冲动地冲向一方时，另一面的绳子就会起作用，把它给拽住，反之亦然。当他们几个人分别在两面拽好后，我小心翼翼地靠上前去，低下身子，手中拿着绑腿的绳子，这绳子是牛皮绳，最大的好处就是牛被捆绑之后，越挣扎越紧，尤其是当绳子湿透以后收缩得更凶。要捆绑大牛，一般的塑料绳不好用。老一辈传下来的东西很多都经过考验，是真理。这一点我在三十岁时才完全明白。

　　我慢慢地挨近它，先用手去触碰一下它粗壮的大腿。然后再轻轻地甩动绳子，绳子甩过去，碰到那边的腿，绳头过来，绳头跌落在眼前，在手底下，轻轻地拉一拉，让它适应有绳子在腿上的感觉，接着故伎重施……腿上缠两圈绳子，接着带绳子的右手伸过去，再缠一圈……从第二次开始要扯得紧紧的，第三次更紧……再缠一圈，绑两个活扣，解开时一拉就能解开。说起来容易做起来难，得捆绑得结结实实才行。

　　绑后腿的方法和之前不一样，不能去摸，也不能靠近，被踢上一脚，哎呀呀，想想身体某处碗口大的地方打中五百公斤的力是什么后果？不死也伤筋断骨！把绳子从它身子

的右边肚子下面扔到左边来，然后人过来拉住身子再到右
边去……

"倒倒倒……"

我们大喊着"倒"，仿佛这样就可以让它倒下去。但我
们手中却没有松懈，合力不松绳，调整着方位，确保绳子
始终都紧紧地勒在后腿上。它倒下的同时，我们几个男的
立马靠上去，压牛的压牛，捆腿的捆腿。四条腿捆绑好了，
它再厉害也是白搭。

下午，德州这边开始吹风。德州的风啊，写一本书足矣。
德州的风一个季节有一个季节的特点。初夏的风带着温度
和湿度，不再是西风，而是和阵雨一起来的北风和无缘无
故的南风。越是靠近海边，南风的劲道越大。当然也有东风，
如果东风接连吹了两三天，那就是说老天爷想下雨，但因
为某种原因而耽搁着呢，所以只好在东风的呼啸中耗着。
2017年的农历五月，整整一个月东风就没断过，不是说没
有雨，相反，雨水比任何一年都要多，多到一吹东风就下雨，
一下完就接着吹，然后接着下……今年的草长得好啊！德
州的四个羊棚、阿布达拉一带草长得格外带劲。很多地方
已经有去年秋天时的规模了，这让牧民们乐得嘴都合不上

了，人人都在说"草长得好啊……""多少年没有见过啊……"

我在德州这边另外分出来二十多只羊，都是些年龄大的，或是因为污染而牙齿不好的，反正全是些淘汰的羊。它们早晚各喂一次饲料，白天放进春草场去，已经快有一个月了，膘情正在一天一天地增长着。我打算连今年的羊羔一起育肥了，也这么做了。把羊羔抓出来才一个星期，才恒本闻讯而来，买走了，每只四百一十块，相比去年已经很好了。他赶回去一转手，每只卖了四百六……生意就是这样，我也没什么可说的。

先把二十几只育肥羊饮了水，再去将冬牧场的铁丝网围栏的门打开，大羊群蜂拥而出，直奔水槽。四个水槽早早地盛满了水，已经变得温和了。羊群挨挨挤挤地排在水槽旁，水槽里的水一眨眼的工夫就少了一半。

我发现有几只母羊的后腿有点瘸，但并不严重，犹豫了那么一下，想着要不要把它们几个留下来，和育肥的羊一起给卖了。但紧接着就打消了念头，它们几个的牙口非常好，身板也好，最重要的是它们的羊羔每年都无可挑剔。倘若真给卖了，我想我可能会埋怨自己好几年的。不是每个会产羔的母羊都是好母羊，不是每个母羊的奶水都是充足的，更不是每个母羊的羊羔都能成为顶尖的羊羔的……所以每一只好母羊都是弥足珍贵的。

我从好几年前开始把好的母羊留下，即便再困难也不曾放弃，如今终于让羊群里的母羊基本保持在一个较好的水准。我是不会做蠢事的，有些事情只会想一想，似乎这样想一想就会平白地多出一份坚持的勇气来。

太阳落山了。又一个细雨绵绵的夜晚。

修补啊、准备啊、又出发……

家里有一卷铁丝网，是网格很窄的那种。我打算把门前的那片几十亩的小草场换掉。也不是全部换，就是把给羊饮水的那一带大概一百米的地方换掉。那里每天傍晚羊群待的时间最多，它们喝完水，就奔向铁丝网，把头从网格里伸进去吃小草场里的草，只要能够得到的地方都吃完了。然后它们当中有经验的带头，寻找可以钻进去的地方，只要一只羊钻进去，其他的全部尾随。多钻几次，再好的铁丝网也会变得破破烂烂。我用一些木板、废弃的铁丝网和木杆子维修过几次，可效果并不好。一旦它们尝到了甜头，再阻止真困难。

不过要是换了铁丝网，我想情况会大有改善的。过几天就要转往夏牧场，我想着走之前把这些琐碎的事情都处理完。一旦去了夏牧场，就顾不上这些事情了，那里有那里的活儿要干。我已经有两年没去夏牧场自己放羊了。因为写书的原因，我留在冬牧场，安安静静地写一个夏天。今年之所以去，是因为挡羊娃突然变卦，不再为我工作了。他要去自己的夏牧场给他的姐姐放羊，等到了秋天他也不想卖掉自己的那片草场了，要收购一些羊，自己养。他是尕海村人，有自己的草场，因此自己养羊是完全行得通的。他说了一大堆抱歉的话，但又有什么用？眼看着就要转场了，让我上哪儿去找一个放羊的。即便是匆匆忙忙地找到了我又怎能放心呢？只能自己去了，去了后就没时间写小说了。

可眼下我也顾不了那么多，把手头的活儿做好更重要。我用多半天的时间更换了饮水坑周边的铁丝网，更换了三根折了的木头杆子，把拆下来的旧铁丝网卷起来，这些东西说不定什么时候就可以派上用场了。下午，吃了简单的午饭，开车去镇上。我和妻子分开行动，她去采购食物以及日用品；我去买一些二踢脚炮仗、一副马掌、一个马嚼环、一盘尼龙绳、一件雨衣，还买了一个防狼警灯，是可以太阳能充电的那种。我们还买了其他的零零碎碎的东西，都是在夏牧场要用的。尽量把东西都买齐了，一旦进了山，想出来一趟不容易，路太远，又不好走，关键是没时间。夏牧场的时间是再怎么节省都不够用的。有关夏牧场的生活且容我以后再详述。

我俩买好写在纸上的想了几天的东西，去吃饭。去了常去的那家餐厅，这里的面做得很好。

我们一边等着，一边接着想还差了什么。由于两年没去了，竟有一种惊人陌生感。妻子害怕，她怕应付不来挤奶这件事，准确地说是怕应付不了"头妈"。"头妈"就是第一次生了小牛犊的母牛，因为是第一次，它的奶头是从来没有被人碰过的，所以激烈地反抗是在所难免的。她就怕这个，尤其是今年我家的母牛群里有四头是"头妈"。她必须要在夏天过去之前把它们都调教得乖乖的。一旦错过了今年，那就意味着你再也别想去碰它们了，再也别想挤奶了。

她怕得要命，每天都要提几次，仿佛这样就可以减轻一下负担。她的左手臂被玻璃严重地划伤过，断了经脉，缝了几十针，现在不能好好地用力，这也是她怕的原因。我宽慰她实在不行就算啦，能调教一头是一头，两头就两头。但她默然摇头，半晌才说："挤奶的牛本来就少，不挤怎么行。"

她纠结的是没有奶就打不出酥油来，打不出曲拉来，那么就得从别人那里买，要是以往也没什么，毕竟不去夏牧场，挤不了奶。可如今能挤奶却还要买，她怕别人说闲话，看她的笑话。

吃完饭，买了几个活动环——是用来拴牛犊的。经过加油站，遇到正在搭车的"高兴"。他住在德州商店的附近，开了自己的帐篷牧家乐，叫"布音克西图牧家乐"。他是一个非常有意思的人，做的事常常让人啼笑皆非。譬如，他的新房竣工，居然邀请了乡政府的所有领导和县上的一些领导，一一给他们送去请柬。要说这也没什么，但问题是他根本就不怎么认识他们，就这样突然因为盖了新房而邀请，在我们看来是非常冒昧而且怪异的，但他却一点也不在意，反而因此洋洋得意。我隐隐猜测他的意图，可能是为了抓一点名声。你们看，我的乔迁之喜上，这么多的领导赏脸而来，这是多么有面子的一件事情。可能是诸如此类的想法吧！

我俩一路聊得很开心！他非常健谈。"高兴"不是他的本名，正因为他永远笑口常开，才有了"高兴"这个外号！但也千万不要以为他是一个轻率的人。恰恰相反，在某些重要的关口，他比任何一个人都要谨慎。那么退一步说，我以上所说的他的那些仿佛是为了抓名声的事情是否还有别的更深层次的用意，我就不得而知了。

我问他今年扩张了牧家乐的规模，是不是去年的生意很好。他哈哈大笑着说："怎么说呢，前期不成，十几天没有一笔生意，到后期就好一点了。尤其是我接到了几个大的旅游团，那个上面赚得不错。"

"咱们这边还是受到条件的限制，你看像海南那边，从湖东羊场开始就风景好，靠近青海湖，一路都是帐篷宾馆，可就算那么多也能赚到钱啊！"

"就是，尤其是黑马河那边，我去年转湖去了一趟，好一点的一天挣几万没有问题。再看我们这边，看着就笑死了。"

"那有什么办法，这不是我们的错。"

"就是。"

"关键还是这边的风景差了，再一个就是风太大，冷了一点。"

"也就赚点骑自行车的小钱，大钱赚不上呀！"

"好着呢好着呢。你家的地势是这一带最好的了。"

他在路边下车，绕过一个修国道时挖出来的巨大的坑后就是他家，以及他的牧家乐。他家背后就是连绵的那卡诺登山。他邀请我去他家参观，我说改天一定去。他笑哈哈地走下公路，背着大黑包走了。他穿着皮夹克，戴着米黄色的礼帽，发福的身体紧绷绷地撑着衣服，高大的身躯因为行走的习惯而晃动着……这就是"高兴"，早已不是从前的那个只会喝酒、被人指着鼻子骂也不敢反驳的窝囊男人了。

6月26、27号

本来要早早地去洪呼力扎帐篷，但被从凌晨四点开始的大雨给阻止了。中午的时候雨小了，仿佛即将要出现太阳的样子，但其实是假象，这种现象我们叫凉晌午，在中午阳光最强烈的一段时间雨水会避退一会儿，并不代表结束了。很快，当短暂的正午一过去，一切照旧。吃过午饭了也没什么事可做（外面是有活儿的，可也干不了），我去书房写了一千字。我已经好几天没写了，一旦有一点空闲心里就发慌，好像再不去写就会完蛋似的。然后写日记，轻描淡写地记录了一天的活动，最重要的还是内心活动。日记和别的书写不同，因为随意而变得轻松，怎么写都是对的。

五点多，小睡一觉醒来，靠着被子看村上春树的《海边的卡夫卡》。村上的文字满满的现代感和城市意识，我一直喜欢读他的书，几乎所有的小说都读过了。说我是一个地地道道的村上迷一点不为过。

第二天一大早起来，天气好得不得了。昨天被雨水洗了整整一天，今天的天空蓝得发脆，蓝得发黑，微风轻轻地吹拂着草地，青草翠绿宛如一大片宝石。匆匆忙忙地吃了早饭，发动三轮摩托车，开始装车。所有的东西早就捆绑好了，帐篷、帐篷支架最重，就装在了最前面，而后是两大捆被褥，一大包衣物，锅碗瓢盆，零零碎碎的东西可不少。车厢已经满满的了，路不好，不能装得太高，怕翻车。几袋子牛粪装不上了，夏牧场那儿天天下雨，想弄一些干牛粪都是奢侈。妻子说没事，可以在一大片塑料上晒，应该能行。

弟弟那边的车子也装好了，两辆三轮车一起出发。

两辆三轮车一前一后，疾驰在315国道上，过了甘子河收费站差不多二十公里，拐向了通往默勒的公路。这条公路前年刚修出来，之前是一条沙砾路，拉煤的车很多，尘土飞扬，走一趟就仿佛在尘土中洗了个澡。柏油公路一修成，我们再也不用吃那苦头了。

到达路边的察拉商店的时候还早，不到九点。察拉商店是我们德州人开的。卫东两口子经营这里已有十几年了。早年间，他们仅有一顶蒙古包，里面隔开来，一半摆上寥寥无几的廉价货品，一半被当成卧室、客厅和厨房。那时候因为商店还没有在草原上出现，他们的店给转场的牧民们提供了太多的帮助，德州人、察拉人、青海湖人，只要马马虎虎认识的人，都可以赊账，等到秋天再来还。别人不说，就是我们家每年都会赊账，而且不是一次，在夏牧场要是缺了什么东西，恰好商店里有的，就去赊。面啊，清油啊，调料啊，胶鞋啊，等等。

他们从来不会催你还账。但牧民们也不会欠多久，剪完羊毛卖了钱，第一件事就是去还账。我家也是这样，卖了羊毛，阿爸会第一时间和叔叔骑马奔向山口，沿着简易的土路一直出了洪呼力，来到察拉口，卫东家的商店坐落在洪呼力河和察拉河交汇的地方，地理位置十分优越。因此也难怪他们把生意做得那么长久，并且越做越大。

　　阿爸把欠下的钱都还上了，整个人就突然轻松下来。无债一身轻的高兴，让阿爸和叔叔不得不庆祝一下，方式自然是喝酒。当然这只不过是他们为喝酒找的一个借口罢了，即便没有这回事，他们一样也会喝酒，他们喝酒的次数远远超过了他们必须庆祝的次数。但要是有这么一个理由他们会喝得更加心安理得、更加肆无忌惮，回家后面对阿妈的指责也更加理直气壮。即便是吵架也吵得有理有据。他们喝得差不多了，晕晕乎乎地买上阿妈嘱咐要买的东西——大部分都忘了——再买一些糖果和饼干。胡乱地装进褡裢里搭在马上，他们出发了。理所当然地要比拼一下速度，看谁的马才是好马。就这样，他们把西瓜呀、饼干呀等易碎的东西都弄得惨不忍睹后带了回来，还老远就喊我们，说带着好吃的来了……

　　时光荏苒，现如今，轮到我做着类似的事，对自己的孩子说同样的话了。那种恍惚……我终于理解阿爸说这些话、做这些事的心情，理解他这些看似无聊的话中饱含的意义了。

　　察拉商店里永远都是有人的。尤其是在这繁忙的转场季节里更是如此。车停在路边，我们进去买了饮料喝，买了一些零食，然后坐在靠窗的桌子前稍作休息。

这里近几年扩建得很快。我们坐的地方是六间封闭式瓦房一角的阳台，是专门给人们吃饭的地方。他们现在也在经营饭馆，可以吃到粉汤、包子、饺子和一些面食。提供热水，可以泡方便面。外面另有两间当作厨房的平房，还有两顶崭新的蒙古包和原来的那顶旧蒙古包。不过旧蒙古包太旧了，歪歪斜斜地苟延残喘着。

弟弟泡了一包方便面吃，他说早上忙得没吃好。吃完后他建议尝一尝这里自酿的青稞酒，很有味道。于是我们要了两杯。这会儿妻子和仁青卓玛解手回来了。

她们回来后也要了方便面吃。我不想吃，因为肠胃不好，吃这种东西极易拉肚子。再说早年间挖虫草的时候天天吃这东西，已经吃怕了。

他家自酿的青稞酒确实不错，有很浓郁的粮食味道，带着点甜腻，很是好喝。我又要了一杯，一杯要四块钱，价格有点高，但我们都不在乎，不知道从什么时候开始，我们越来越不在乎钱了（尽管还是那么穷），好像钱是个王八蛋似的。

我们自己倒了茶水，轻松地聊了一会儿。这当口进来两个人，是托华村的才贝和金佳两口子。他们自己是不在夏牧场放牧的，很早就已经不放牧了。他们在县城开了一家专卖草原特产的店铺，生意很好。我们握手，一起坐下。他们说是来送帐篷的，和我们一样，他们的放羊娃已经赶着牛羊在路上了。才贝这几年发福得厉害，加上他身材高大，显得很魁梧，而金佳却瘦弱娇小，脸色苍白，好像大病初愈的样子。她再也不像二十多岁时那么漂亮了，但她依然是美丽的。他俩要了两碗粉汤。我们聊了一会儿，便道别了。

全是山路，到处坑坑洼洼，因此走得很慢。有时候遇上一连的几个洼坑，车子倾斜得厉害，才什杰就在车上面惊呼，叫我慢一点，车眼看着就要翻了……

我们的营地在大霄兴的最深处，要过两条小河，最后一条在尼玛扎西家门前，很深，水流湍急。到了那儿我们停下来，让才什杰和仁青卓玛下车。我和弟弟先踩着石头观察了水中的情况，看到车子要过的那段水里有一些冲下来的大石头，我俩卷了裤腿和袖子钻进水里，忍着刺骨的冰凉把大石头一一清理掉。

三轮车过水的时候倒是很顺利，没有被陷住。拐过山口，又停下来，靠河水一面的路被冲塌了，靠山一面的完好无损。

被冲掉的有六七平方米那么大，我们四个人到处搬石头过来，从水里也挪更大的石头，一点一点地把这点路修起来，勉强可以通过三轮车。

折腾到一点钟才真正地到达营地。山坳里阴云聚集，估计很快就会有雷雨到来。我们分工行动：两个男人扎两家的帐篷，两个女人去捡牛粪，这样会更快一点，争取在雨到来前把帐篷扎好，把牛粪堆起来。扎帐篷是没有问题的，都是铁架子的活动帐篷，并不复杂。牛粪这一带也挺多，就我和弟弟把我的帐篷卸下来、展开，把铁架子都固定好的这一会儿工夫，才什杰已经背回来好几麻袋牛粪了。

雨点一滴一滴地开始落下来，弟弟帐篷也弄好了。炉子也安好了，他带来的仅有的一袋子牛粪也抬进了帐篷。她俩牛粪也拾好了，虽然并不是很多，但只要在刚到来的一个星期内够烧就行啦，以后的等彻底安顿下来再弄不迟。她俩点了炉子，才什杰跑去提来半桶水烧茶，然后两人翻箱倒柜地找出土豆、案板、菜刀等，张罗着做午饭了。这并不是我们的计划，要是没有雨，我们扎好帐篷、拾了牛粪就返回去。明天就要赶畜群了，有很多事情还要做。但雨下大了，也没有一时半会儿要停的样子，索性就吃了午饭再说。

　　这是今年第一次来夏牧场，比起去年这时候，草的长势明显差了一些。都是太冷的缘故。但我想不至于出现像2007年那样后期直接断了草的情况。那年真是奇怪，刚到的时候到处都很好的，滩地、河谷、山坡，草长得很是茂盛，可畜群一来，仿佛被惊动了似的，直接停下来不长了，整个夏天都没再长，到了初秋就彻底断草了，畜群连肚子都快吃不饱了，还谈什么膘情。迫不得已只好提前转场秋窝子。可这样一来后果是很严重的，因为当时正是秋牧场长草的时候，过去了当然会影响草的长势，比如一片草场本来按正常情况可以提供三百只羊、四十头牛、几匹马吃两个月，但提早过去就变成只能吃一个月了，还有一个月怎么办？两条选择：买一片草场或提前进入冬牧场。但两个选择都有问题，买一片草场是可以解决问题，但你会买到一片价格、面积、质量都满意的草场吗？缺草是整个牧场的人都缺，并不是一两个人缺，谁会把自己都不够吃的草场给卖了，会有人卖吗？要是不买草提前进入冬草场，那要是冬草场也缺草了怎么办？又去哪里找？

　　牵一发而动全身说的就是这样的状况。发生这种事，若你已经买好一片草场就真的是万事大吉、高枕无忧了。

　　雨过去后太阳马上就出现了，强烈的光线投射在每一寸草地上，前一刻还湿漉漉的草地肉眼可见地蒸发了水分，也有一部分渗透到地下去了。我们绑好帐篷的门，压好窗户，检查牛粪上面的塑料，一切妥当之后，已是下午四点多了。黑压压的乌云一路泼着雨水，朝冬牧场德州的方向推过去。我们离开大霄兴，尾随着阵势浩大的云雨，踏上返程。

　　明天，又将是格外忙碌的一天，但愿不要有雨，但愿一切顺利，平安抵达。夏牧场的生活就要开始了。

祁连山之书

失我焉支山，令我妇女无颜色。

失我祁连山，使我六畜不蕃息。

———匈奴歌

翻越大通山

从海晏出发，进行一次准备已久的旅行：祁连山大环行。

第一站大通县。

夏天的气候在高原不明显，还是很冷，开了车窗后进来的风直灌脖颈，浑身发冷，一旦有一片云彩挡住阳光，温度立刻明显地降下去。这种情况在内地绝难看到。高原的瞬息万变可窥一斑。

经过哈勒景蒙古族乡，平展的公路两旁平展的草原，一两公里远的地方，山脚下，一顶、两顶蒙古包白晃晃地立着。另一面，是鞭麻沟，哈勒景人的冬窝子。记得小时候，我曾跟着叔叔到这里走亲戚。那时候根本没有草原铁丝围栏，也没有什么公路，更没有如今这般插遍草原的电线杆子。我们骑着马沿着山沟的牲畜小道走，过几条河，又翻过几个垭口，登上几座有着长长的大缠坡的山梁，可以望见熠熠生辉的哈勒景河在哈勒景平原蜿蜒流淌。时光荏苒，很多美好的事物随风而去，但骑马远足、观山览水的少年情怀在触景生情中尤为清晰。

昨天查地图，得知祁连山内有一个地方也叫鞭麻沟。当然是因为当地遍布山谷沟壑的鞭麻而得名。鞭麻是我们当地人的叫法，学名金露梅，是世界名曲《在那遥远的地方》中的主角之一。但我不太认可，我总觉得金露梅银露梅说的不是鞭麻花，而应该是更为神秘的植物。

　　哈勒景地处大通山余脉，同样属祁连山支脉。所以我从这里开始对祁连山的一次敬仰之行是经过深思熟虑的，一条山脉永远不会是孤独的，它总有很多围绕着它、敬仰它的跟随者。一座伟大的山脉就是一个伟大的引领者。

　　眼前这道绵延的山峦，起伏随意。乌兰哈达村往上，在山谷中前行，路面有很多足以让汽车弹跳起来的小坑，有些大的坑已经修补，但更多的坑显然是没来得及修补，原因我觉得首先是这条柏油路本身的质量问题，其次是这条路的厚度不适合大货车行驶，大货车的重量会根本性地破坏路面，而偏偏这条路上有很多莫名其妙的大货车。这不是唯一通向大通县的道路，货车有更好的选择。迎面有红色的、长长的大货车驶来的时候，妻子都会绷紧神经，找合适的地方给其让道。一条省级公路，年久失修，路面本来就不宽，拐弯抹角的地方又多，并不是每一次都会找到合适的让道地方，有两次我坐的副驾驶这边的轮胎险险地担在路肩最边缘，再多过来一点车子将会朝这边倾斜，因为路基和路边的沙石地的落差有四十到五十厘米，这个高度已经很危险了。我跟她说我来开。"不必，我能行。"她说。

　　因为在修高速公路，这条山谷到处都是工地，地面挖开，翻出红色的土壤。这里本来是海晏县附近草原保护得比较好的地区，但一条高速，硬生生将其破坏掉了。沿途几乎所有能碰到高速公路的牧人家的草场都被分割成两半、三四块，甚至是豆腐大小的草地块，本来这里每个人分到的草场就不多，如今这么一分割，今后放牧更难了，也许过不多久，这些牧人就不再放牧了。这种情况不是第一次发生，社会发展得越快越发达，就越没有了牧人游牧的空间，哪怕这里是青藏高原，哪怕这里是世界上最大的游牧区，也难以阻挡现代社会的巨轮碾压。

过了哈勒景人口中的白碌坎，高速公路不再向上，草原的美展现出来。清澈的小溪从哈勒景人的夏牧场款款而来，经过他们的秋牧场，来到冬窝子，然后再往南流淌，汇入哈日乌苏，也就是湟水河的上游。而哈日乌苏的源头，也在群山中的包忽图。

路边有一个小卖部，外面停着五辆摩托车、四辆微型货车和一辆小轿车。过去，这种地方就是马最多的地方，一溜儿拴马杆。有些马已经站了三四天了，饿得怀疑生命，见到什么吃什么。我就见过吃自己粪的马，因为粪里面有没有消化干净的草。而商店里的人却胡吃海喝，快活惬意。

这些醉生梦死的牧人们最后抱着马头痛哭者有之，扇自己巴掌者有之，心理变态更加虐待坐骑者有之，就是没有真心忏悔者，因为下回他们照样这样干。

我进去买水，里面人满为患，好像不是在喝酒。商店的窗户很小，里面很暗，只看见满屋子人在看我。我说要六瓶矿泉水。柜台里面走来一个妇女，怀里抱着一个小孩。一看见小孩我就知道他们在干吗了。

他们这是在给小孩剃毷头啊。这是我们蒙古族的习俗，就是孩子长到三岁时为其剪发。而在这之前，这三年里孩子的头发不能剪。到了三岁剃毷头，由家里最长者剪下第一缕发。

曾几何时，我作为家族长孙，也享受到过剃毷头的殊荣。后来长大，也参加过不少这样的仪式。我记得村里的拉木却呼在剃毷头时吟咏的颂词，是我们海晏地区的蒙古族民间颂词。

我们期待吉日的到来

期待檀香开花的日子

终于盼来了高朋满座的今天

手拿金剪祝愿你长命百岁

手拿银剪祝愿你福如东海

愿你有青山般坚强的意志

愿你有沧海般宽广的胸怀

愿你像青草般发芽

愿你像鲜花般绽放

咏调委婉悠长，沧桑动人，听过了一次便永远忘不掉。

遇到这样的喜事我作为同胞当然要有所表示。于是隔着柜台祝福。立刻有人端着放着小剪刀的盘子过来，我拿着剪刀，从这个瞪着眼睛看我的小孩头上的长发上剪下一缕，放进盘子里，又掏出一百元钱放到盘子里的一些钱上面。这时主家男人来和我握手，身后有几个人，其中两个还是我认识的人。他们非要让我吃完宴席再走，我解释了不能停留的原因，也没有喝酒，但还是在里间的炕沿上坐了一会儿，吃了一口油饼，喝了一碗奶茶，然后告辞。他们将我送出门，热情地要我答应以后一定来喝酒玩耍。

我上车后说了这事。

妻子说这家人还和她家有亲戚关系。她说："你没见我把车开到前面连头也不敢露吗，被认出来了少不了又是一阵子麻烦。"

"我以前没见过。"

"现在已经很少走动了。"

我们接着一同回忆起过去剃髦头这样的快乐时光，而后说到拉木却呼，多好的一个有天赋的颂词人啊，怎么就中风了呢？现在已经没有那么好的吟诵颂词的人了，因此很多婚庆都失色不少。这是一种文化，却没有传承之人。

妻子说她会颂词，然后就唱出一段：

在这样的国度里

在这博大的宗教里

祝愿大家幸福安康

高耸入云的苍山啊

翠柏覆盖着阴坡

鲜花铺满了阳坡

辽阔无际的原野上

矗立着洁白的蒙古包

象骨做的柱子

鱼骨做的天窗

白檀香木做的哈那

红檀香木做的椽子

白玉做的门框

纯银做的勺子

铸银的锅

透过天窗云保佑

隔着彩云天赐福

南边的草地上洒满白云般的羊群

北边的草地上飞腾成群的骏马

东边的草地上是绯红的驼群

西边的草地上是五华的牛群

唱完，她看着我，不停地笑，笑得很得意。

我说："知道这个颂词，我听过他的吟诵，你差得太远了。"

汽车在盘转上山，山坡上盛开的各种花朵种类繁多且花香驳杂，一次呼吸能闻到好几种不同的香气。单独的一种花香在草原上不存在，草原上的花香是多层次的、有内涵的、深刻又浑然天成的。这和家中、庭院中种植的花草之香味是截然不同的。所以，人们说的"浓郁的草原风情"中便包含了无数花花草草自身的气息。

公路下面的滩地绵延远去，满是盛开的鞭麻花。鞭麻花是青海高寒牧区最为常见且生命力最为顽强的植物了。在游牧区，几乎每一个山谷山坡都有它的身影。每年七月，鞭麻花最盛的时候，那就是一片金色的海洋。像哈勒景这里的鞭麻沟、祁连县那边的鞭麻沟，夏季都是漫山遍野无差别茂密生长的鞭麻花。只不过近些年来，哈勒景这条鞭麻沟的鞭麻花已经渐渐衰败。听这里的老人们讲，现在残留的鞭麻花已经不及当年鼎盛时期的四分之一，那时候，这条山沟里骑马行走，连一个马蹄子踩下去的缝隙都找不到。

大通垭口快到了。沿着山梁朝北望，最高的那个山顶上，一群牦牛和一群羊混杂一处，像流水一样从山顶向下流泻。可能是那里的花草新鲜美味，它们几乎静止在那里。一个眼神不好的人，还以为是乱石群呢！从大通垭口往回眺望，整个哈勒景草原尽收眼底，更远处的县城和县城那边的同宝山如同一道青色的巨障横亘在天边。青海湖北岸的同宝山，昔日山上柳条、刺灌丛等很多植物茂密繁盛，生长着很多中药材，山根下遍地鞭麻；几乎每条山沟都有涓涓溪流，野生动物及禽类攀缘穿梭，大黑沟的冰层常年不化。过去牧民返回冬季草场时，会在这里放牧休息几日，并不会影响原生态植被。但是自从这里"畜牧保本经营，草场分户管理"以来，牧户们一方面迅速增加牲畜数量，另一方面建立起冬夏季草场围栏，围栏延长了在同宝山上放牧的时间，将畜群圈进灌木丛中的铁丝围栏长达几个月之久，致使畜群把所有的草吃光，然后吃灌木枝叶和灌木皮。年年如此，原始生态岂能存活？短短十几年间便将一个生态链完好的地区摧毁。昔日金银滩地区起着气温调节、空气净化、涵养水源和保持水土并平衡生物圈的同宝山如今一片狼藉。亲眼目睹这种恶劣的变化确实让人心痛，如何改变、如何保护，甚至如何恢复整个草原生态系统是如今所面临的最严峻的问题了。

但保护自己的家园的行动也一直没有停止过。就我们蒙古族来说，历来重视环境的保护和生态的平衡。而且从传统中，我们认为植物是有生命的，是具有灵性的，因此不砍树，不拔植物，不取食鸟蛋，不乱挖草皮，不在泉水河边大小便，不猎有孕或哺乳的动物。更加注重对牧场的保护，不过度放牧，遵从自然法则给牧场足够的休养生息时间，为此哪怕多花钱去租用别的草场也在所不惜。死亡的牲畜会带到荒无人烟的地方让秃鹫啄食。不让外来人员挖虫草，自己更不会那么做。

我们在一些特殊的年份，如"水羊年"等，会有转山转湖的宗教活动，每个月的初一、初八、十五都会前往敖包或寺院祈福，就我而言多数去的是"扎藏寺""那卡诺登敖包"、西海镇附近的"鹿角敖包"和"年钦夏格尔山"。每年的春天、秋天时候有大型的祭海祭敖包法事；每年在转场到夏牧场的途中会经过"西海神泉"（近年来官方的称呼，以前我们称之"热水泉"），那是必定停留的地方，我们会在那里洗脸，喝温泉水，到山上敬献哈达……

我们会祭泉水，有"水之源是泉水，人之源是舅舅"的谚语。牧民认为高山和泉眼各有其保护神，冰川和泉水像母亲的乳汁一样养育生灵，所以特别在意泉水泉眼的保护，不让其受损，挖泉眼之类的事是罪大恶极的。

我们也有祈雨的习俗，主要通过敖包进行，在每年的农历四月中旬或下旬，正是青草生长、需要雨水的时候……

大通山也是有虫草的山。每年春季，这个垭口上天天上演简易的虫草交易。早上，一车车挖草人被卸在垭口，像卸下的乱石子一样四散而去。草贩子从中午开始等在垭口，对每一个挖草出山的人待若亲人，热情得不得了，远远地就开始打招呼，迎上前去，大说特说一堆好话，强调自己给出的价格高、公道，等等。但开始看捡就立马变一副嘴脸，弹嫌、挑剔得头头是道:断了的不要、瘪了的不要、太小的不要……

我的夏牧场在察拉河左岸、洪呼力河右岸，从两条河流交汇之地的山口进入谷地，一个小时车程，路不好，但风景秀丽。沿着洪呼力河一直往上游走，到了洪呼力河的源头，这里有三条小的河流共同汇入洪呼力河。三条河流最大的一条叫热力木河。再次跟着热力木河到上游，就是我们夏牧场的最深处:热力木大章。时光倒退十几年，这里雪豹频繁出没，有一条幽深的峡谷就叫豹子湾，那里是雪豹的家，而整个热力木大章就是豹子的领地。热力木大章同样生产虫草，前些年，每年都有我们本村的人去那里挖虫草，我也去了好几年。后来牧人们自己提出质疑，觉得挖虫草对草原的破坏可不是一般的大，应该禁止。牧人的眼睛一旦对准熟悉的草原那就是毒辣的，他们几乎不用详细地去做记录研究，只须用心感知便都知道了。于是开了一次全体大会后，决定全面禁止挖虫草。从五六年前开始，每年春天村里都会组成一个巡视组，专门巡视夏季牧场，其中重要任务之一便是驱赶偷偷进山去挖虫草的外乡人。这一招果然奏效，没有人破坏草皮、破坏草根，再加上每年冬天都实行大规模的灭鼠运动，如今夏牧场的草山一年比一年好，草的密度、高度和种类一年年地增加。每年七月五日、六日、七日，统一转场的日子里，从德州春牧场到夏牧场这一条线上的牧道里，马群、牛群、羊群将这条长达六十公里的牧道塞得满满当当，宛若一条巨龙。之所以有这么多畜群是因为这条牧道是甘子河乡、青海湖乡，乃至部分同宝山的牧民共用的牧道，十几个村的牧户三天内统一搬迁，那场面，只有见识过的人才能真正体会其震撼人心、波澜壮阔。

翻过那些悬崖峭壁组成的山墙，不多远就是大通牛场。

门源

一翻越门源达坂山，景色突然一变，田地里油菜花香四处飘荡，无孔不入地钻进车里，钻进鼻子里。这里有闻名遐迩的百里花海。一片金黄，一片翠绿，相互辉映，还有蔚蓝的天色和乳白的云朵来装点。站在达坂山半坡的观景台，嗅着油菜花沁人心脾的花香，别有一番"会当凌绝顶"的豪壮感受。

公路在下坡，门源富饶的平原展开在眼前，色彩斑斓。对面是大名鼎鼎的冷龙岭，从祁连山深处绵延至此，阻挡住了北方的严寒，才有了这江南般气候宜人的小城。门源的生态环境目光所及倒是治理得井井有条，没有乱采乱挖。做到这一点也实属不易了。在高原，第一罪便是乱挖草地。这里已属于祁连山下端，但山势不见削弱，青色的山峦一路跋涉，和公路一起朝祁连山挺进。这条条沟壑中，一顶两顶帐篷扎着，守护着这片草山和畜群。山的半腰往上，皆无寸草。陡峭的崖壁、凌乱的流石、冲积的沙砾……多熟悉的山峦啊，让人感怀往事，想想那些牵着马、小心翼翼走在这种山间的岁月，仿佛遥远到不可追忆，但又恍若昨日。

因为正是油菜花盛开之际，旅游的车辆密集如织，公路两边一眼望不到头都是卖蜂蜜的。妻子说要买，于是我们找了一个可以停车的地方停下，开了双闪灯下车。往回走了有几百米，妻子挑挑拣拣，这个不成那个也不行，而在我看来其实都是一样的。好不容易在一个摊位上停下，她又开始讨价还价了。

这片一望无际的富饶的金黄色平原、蓄积滩，历史上发生过几次战争，肥沃的土地下埋葬着无数尸骨，滋养了这片土地。冷龙岭高峰上积雪皑皑，一处最高的雪峰甚是雄伟壮观，我对妻子说："你看，那就是'岗什卡'雪山。"卖蜂蜜的回头看看说不是，岗什卡雪山从这里看不见，只有快到了的时候才能看见。

接着往北开，挡风玻璃上不时会有蜜蜂撞上来，车速快了就会将其撞死，等驶离这片庞大的金色花海时，玻璃上蜜蜂破碎的尸体留下的残骸斑斑点点随处可见。

妻子一直看着冷龙岭，赞叹不已。问我为什么会叫冷龙岭。我再次扒拉出这条山岭的权威介绍：

冷龙岭又叫老龙岭，在青海境内位于八宝河、大通河一线之北，北至青海省界，西起黑河向东延至门源县以东。在青海省境长280公里，宽30—50公里，山峰多在海拔4000—5000米，最高峰位于青石嘴以北，海拔5254米，4500以上的山峰多发育有现代冰川。冷龙岭的东南端为乌鞘岭，是东亚季风到达的最西端，为陇中高原和河西走廊的天然分界线。它也是中国地形第一与第二级阶梯的边界，中国季风区和非季风、内流区域和外流区域的分界线点，是黄土高原、青藏高原、内蒙古高原三大高原的交汇处，是半干旱区向干旱区过渡的分界线。

我跟她说，你要善于网上检索，上面什么都有。

我们经过这大名鼎鼎的百里花海的时候正是下午光景，天气炎热，阳光照射强烈，七月，这个美好的季节蕴含了一切可能性。高原草木旺盛的季节，旅游业发达与否从一个地方公路上的车流就可以看出个大概来，这一路上，迎面而来的，或者和我一样前往祁连的各省牌子的汽车川流不息，排着长队慢慢走，要是前面有突发状况就会堵车。我们运气不好，心里刚这样想着，前面的车便停下来了。在闷热的车里等了十几分钟，前面还是没有动静。妻子坐不住了，下车到前面去看，很快回来说前面出车祸了。这证实了我们的猜测。出门遇到这样的悲剧是最让人心里难受的。

很多人都下了车，蜂拥着朝前面去了，我们也跟着。是两辆车并行时互撞了，看起来撞损不是很严重，车边站着那么多人，也不知道哪个是车主，没有发现有受伤的。

人群吵吵闹闹地又等了一个小时，来了交警，开始疏通道路。这时，双方向的车流简直一眼望不到头。在这种情况下，哪怕疏通后也走不快，我们已经做好了半夜到达目的地的准备。

快要抵达景阳岭时，天色渐晚，落日悬担于暮色苍茫的祁连山上空，余晖将大地斑斓地涂抹。

一路上，许多地方闪现着点点灯火，这不是城市小镇的灯火，也不是牧人瓦房帐篷的灯火，这些都是工地上的灯火。旧的东西还在用，但新的东西也在紧锣密鼓地建设着……刚刚翻过景阳岭，大雨倾盆而至。

越来越接近祁连县，路上出现很多简易的彩钢房，盖在一个个牧人传统的营盘上。彩钢房比帐篷更舒服一些，也更方便，但也比帐篷对营地的破坏更大。因为它固定着，不能动。不像帐篷，如果今年这片地有了脆弱的痕迹，可以转移到另一块地方上去，反正只要是在自家的草山里，你住哪里都没有人会说你。这是我的经验之谈，在我们的夏季营盘、秋季牧场，一片几亩的营地通常只用三四年，这几年间羊群牛群会卧出一块"羊圈""牛圈"出来，这些圈因为"肥料"太足而不让春天的青草长出来，肥料会"烧死"

青草。所以我们每隔几年都会转换一下窝子，让原窝子休整几年。一般只要两年，这块窝子的草就会比其他地方更旺盛。

羊圈的痕迹很明显，多年前用过的羊圈，现在是一个翠绿的大圆圈。如果仔细观察，也能找到扎过帐篷的地方。为护住羊群，牧民们会有两三个帐篷。羊圈这边扎上主帐篷，羊圈另一边是一个小一点的白帆布帐篷，或者帆布和牛毛毡拼接的花帐篷。羊群窝于两个帐篷之间，这是最安全的地方。每逢夜晚暴雨来临，电闪雷鸣，狂风大作，草原狼也尾随而来，放开的獒犬一会儿狂叫着冲向东面，一会儿又嘶哑着嗓子奔向西面河谷！狼群的声东击西让它们不知所措。这时候羊群就会像可怜的孩子找妈妈一样朝帐篷跟前靠，挨挨挤挤，紧紧地挨着帐篷，寻求庇护，不到天亮不离开。

如果营地是一个坡面，雨水会带动羊圈里浑浊的粪粒向下坡冲刷，形成一大片黑乎乎的区域，等第二天阳光照晒，整个营地充斥着浓烈的羊粪味。这样的雨水多来几次（事实上每年夏季的雨水多到使人哀愁），大量羊粪被冲走了，但羊群接着会产生很多羊粪，周而复始。但到了第二年春天，这些被冲刷过的地方，有了羊粪提供的养料，会是第一批出现青草的地方，而且长势喜人。在别处的草地刚刚复苏之际，这样的地方已经均匀铺开柔弱的黄色花朵，于是夏牧场的春天从营地开始。

在景阳岭那边，行走于那段长长的山谷时，会发现有一些牧民，他们生活得更环保、更前卫。他们住的是一辆辆报废的班车，将车里的座椅全部拆除，重新装修一番，在里面安上炉子，就成了一个可以用皮卡拖移的房车，在自家的牧场里，想停住在哪里都可以。多么快捷简易啊！不用扎帐篷，不用搬东西，所有的生活用品都不用动，来的时候拖着来，走的时候拖着走，真正做到了随心所欲。一路上看见的"房车"不下十几辆，有的因为草场里面全是山地的关系而把"房车"停在路边的很小的空地上，旁边就是河流深谷；有的直接开到小山坡顶上，周遭视野开阔，蓝烟从车顶的烟囱里冒出来，往低坡蔓延开来，将"房车"和半个山坡缠绕起来，很有看头。

全域旅游区果然不假，一路上，弯弯绕绕，处处是景致，目不暇接。

前方，又是一片无际的广袤苍茫的山区，那是祁连山的深处。不知为什么，我突然想起一本二十年前读过的书：

《西路军悲歌》。记忆犹新的是书中提到一支西路军被马步芳的军队逼入祁连山，前无路途，后有追兵，弹尽粮绝，饥寒交迫，那是怎样一种绝境！

大自然是严酷的。人类在这巍峨的大山面前委实是太脆弱了。每每思至，难免悲怆！

进入祁连

在高原上，有一个奇怪的现象，很多从内地来的游客要找一个帐篷旅馆之类的地方玩玩，或者在野外露营，他们不去那些远离公路、远离工地喧嚣的地方，而是恰恰相反，甚至是紧挨着人群热闹之地，难道他们看不见更好的地方吗？还是那些远离"现代化设施"的地方让他们没有安全感？那些荒蛮大地让他们心生恐慌？也许真是这样。

这趟旅行，感触最深的是所到之处皆在修路。这固然说明我们国家发展得快速、繁荣，但做事情总是免不了要付出代价，如何取舍，如何平衡，大到国家，小到个人，都面临这样的问题。当我们每个人都意识到一饮一啄皆有定数的时候，也许就是人与自然最和谐的时候。

祁连山呵祁连山，你将何去何从呢？

郁郁葱葱的祁连山，锋利似剑的祁连山！

祖祖辈辈生活在祁连山的怀抱中，那么什么是祁连山？似乎从来没有想过，因为它就在那里，一抬头，就看见了。它是生活中的必需品，是草原、大河、牧群、野物和牧人的所有的源，是大地的民歌，是天空的书籍。它几乎是我们的真正的血脉！

祖辈口中的祁连山，我们这里牧民口中的祁连山，说的是狭义上的祁连山。而书面上狭义上的祁连山，最早说的是河西走廊南部的山地最北的一架山岭，也就是现在的走廊南山西端，海拔有5547米。因位于河西走廊之南，历史上亦曾叫南山，还有雪山、白山等名称。西汉初年，霍去病西征并征服匈奴，匈奴败遁，唱出"失我焉支山，使我嫁妇无颜色；失我祁连山，使我六畜不繁息"的悲壮民歌。

广义的祁连山，或者说是整个祁连山脉，指的是甘肃省西部和青海省东北部边境这一大片地域山地的总称。地处甘肃、青海两省交界处，东起乌鞘岭的松山，西到当金山口，北临河西走廊，南靠柴达木盆地。地跨天祝、肃南、古浪、凉州、永昌、山丹、民乐、甘州八县。其中，在青海省境内位于柴达木盆地北缘，茶卡—沙珠玉盆地，黄河干流一线之北，北至省界，西起当金山口，东至青海省界。

祁连山内有很多野生药物，集中在森林中，在草原上亦有，其中数量较多的有蘑菇、蕨麻、冬虫夏草、雪莲、沙棘、唐古特瑞香、黄花杜鹃、头花杜鹃、青海杜鹃、裂叶羌活、宽叶羌活、凤毛菊、肾叶唐松草、藏茵陈、湿生扁蕾、唐古特莨菪、牛尾蒿、蒲公英、骨碎补、红景灵、网脉大黄、蚤缀、车前、扁蓄、马勃、柴胡、小檗、升麻、细叶沙参、黄花铁线莲、金翼黄芪、青海黄芪、秦艽、党参、铁棒槌、芍药、麻黄等。优良牧草有早熟禾、紫花针茅、扁穗冰草、老芒麦、异叶类口袋、花苜蓿、多枝黄芪、冷蒿、圆穗蓼、珠牙蓼、小蒿草、矮蒿草、藏蒿草、细叶苔、异穗苔、芨芨草等。乔灌木有青海云杉、祁连山圆柏、桦树、高山柳等。

这么多植物里面，我认识一半，但有些看见了我也认识，只是不知道它们叫什么名字。

野生动物也多，有白唇鹿、马麝、马熊、雪豹、野牦牛、野驴、盘羊、岩羊……数量庞大的多是黄羊、野兔、喜马拉雅旱獭、狼、狐等。

野生动物里面，我不认识的一个也没有。我对它们简直可以说熟悉得很，绝大部分每年都要见上那么一两回，更多的几乎天天见面。这些动植物才是祁连山真正的主人。

　　祁连山寒冷，是勇敢者的山。可是，我总认为祁连山是春天的山，有着无限的可能与机遇，有着充满蓬勃韧性的生命力，这里的生灵只要有一丝生存的希望，便不会放弃。

　　这一路上，观察，思考，记录，读资料，回忆。祁连山不再迷雾重重，而是渐渐清晰。妻子开车的时候，我在读裕固族作家Y·C·铁穆尔的文章。我很喜欢他的文字，他的几乎所有的文字我都看过，尤其是关于祁连山的。他过去写祁连山有这样几段文字：

　　这条山脉的森林和草原，就像是我小时候跟着姐姐放羊时见过的那一块被狼咬碎的羊皮，血迹斑斑、支离破碎。在气势磅礴的祁连山中段黑河大峡谷，8～9个新建的电站将滔滔北流的黑河水切断了，峡谷里已经看不到多少流淌的河水。正在渐渐消失的是祁连山的大动脉黑河。我的眼前总是仿佛出现她满怀心中忧伤呜咽着，向北边沙漠绝尘而去的样子。

　　到处都是冷冰冰的钢铁机器，在嘶吼着踩蹭长满风铃、邦锦梅朵和哈日嘎纳花草的群山草原，那是古歌里说过的曾经"洒满乳汁的山川"。古歌早已随风远去，如今，满世界走来走去的都是失忆的曼库尔特（吉尔吉斯作家艾特玛托夫作品中"失去记忆的奴隶典型"）。

破碎的草原残酷的历史。好了，什么也不想了，我只想在原野上纵马狂奔。可是我的马呢？我的马于上个世纪末长眠在我所不知道的沙漠或黄土地上。

我又想起了那首著名的《匈奴歌》，这是我们祖辈们的歌。

据说那是一个歌声如秋风的匈奴姑娘。她唱的是洒满明媚阳光的祁连山，是长着火红的皂荚树的柔美的焉支山，是雾里的河边的白桦树，是草原小丘旁的一条小路，是对和平的渴望，是一去不返的爱情。

秋风中的歌声忧郁、哀伤得一塌糊涂。她牵着一匹白马在饮水，她伫立在河边，雪白的裘衣裘帽，她像一株白桦。小河边、她的脚下和马蹄旁都开满了湛蓝的龙胆花。她向我微微点头，转瞬间跨上马消失在秋风落叶的草地上。

那时，失去家园的匈奴人患上了思乡病，据说世上没有一种思乡病比他们的思乡病更强烈。世上也没有一座山脉没有一片草原拥有这么一首响彻全世界的悲歌。祁连山草原的历史，看起来好像是那么粗犷，甚至残酷，但祁连

山的本质和所有草原的本质一样，绝对是温情、浪漫和忧
愁的。

在古代的北方草原上，一些游牧民族的国家在因政治
和自然的原因崩溃后，有很多民众总是逃难到祁连山的怀
抱。那是从蒙古草原的大雪灾中逃难而来的匈奴、回鹘。
后来还有逃难到这里的尧熬尔人。还有，在20个世纪动荡
的岁月里因各种原因来到这里的蒙古人、哈萨克人……而
祁连山总是收留他们，无一例外。蓝色天幕下的无家可归
者都能在祁连山找到自己的家园。世上没有一座山脉像祁
连山那样用温暖宽广的胸怀容纳四方的流亡者。

1958年年初到1959年的冬天，按照甘肃省和青海省
划分边界的文件，部分蒙古人和吐蕃特人搬到祁连山南麓
了，又从祁连山的南麓迁来了许多尧熬尔（裕固族）牧人。
祁连山下风雪撩人，尧熬尔人和布利亚特蒙古人赶着牦牛、
骆驼和羊群，骑着他们的马在风雪中奔波。

在大规模开垦、砍伐和建立城镇的祁连山草原，仍然
传说弥漫，古迹遍地。

他的文字流露着无尽的淡淡的哀伤，使人着迷。

我又重读了他的《夏日塔拉的传说》。我最早得知皇城草原的故事，就是从这篇文章：

夏日塔拉大草滩，在祁连山中部，东起凉州以西之水磨川沙沟寺，西至甘州之洪水，北起大黄山硖口、新河，南至甘之白石崖、扁都口，延长三百余里，横八十余里……

——摘自古代史书

夏日塔拉大草滩，现在分两部分，即皇城滩和大马营滩。"夏日塔拉"是蒙古语，"黄金草原"之意，据蒙古文的史料记载，13世纪时成吉思汗的三子窝阔台的儿子阔端，以及阔端的后裔只必贴木儿（后被封为永昌王）在这里建立了一座城，蒙古语名称叫"夏日斡尔朵"，即"黄宫""黄城"之意，后来讹写为"皇城"。

这里的沼泽地上生长着草原植物中大名鼎鼎的吉根苏草，吉根苏草在盛夏开花时，雌雄花穗紧密排列在同一穗轴上，像酥油灯，像千万盏酥油灯布满夏日塔拉。这是畜群吃了催奶的优等牧草。这时还盛开着一片片望不到边的金黄色哈日嘎纳（金露梅）。夏日塔拉是甘肃和青海之间的祁连山北麓最优良的天然牧场。

土尔扈特鄂博位于夏日塔拉大草滩中部，这个鄂博是1698年由欧洲东部的伏尔加河下游草原前往西藏拉萨朝圣的土尔扈特蒙古人阿拉布珠儿台吉率领的部分人，因清政府的阻拦未能返回伏尔加河而滞留游牧在这里时祭祀过的鄂博。这部分土尔扈特人早已于数百年前迁往他处，但这个鄂博一直被人们称为"土尔扈特鄂博"。

根据旧史书的记载和牧人中的传说，在1755年，土尔扈特鄂博上发生过一件事。

那年冬天的一个早晨，太阳还没有升起，深蓝的天空上，只有最后一颗星星在闪烁。脸色黑红的巴彦巴图，跛着一条腿，扶着一杆长矛站在这个鄂博前。不远处的灌木丛中拴着他那匹英俊的黄骠马，鞴着鞍辔的马在贪婪地吃草，马鞍上还拴着一杆俄罗斯火枪和马褡裢。

巴彦巴图从腰上取下生铜酒壶，在鄂博上洒了一圈白酒，他又跪在鄂博前，心中默默祈祷天神保佑昨天那些死去的伙伴魂归遥远的故里，保佑他逃脱沿途清兵的追捕。

祈祷完后，他喝了几口酒，他又在自己受伤的腿上擦了点酒，受伤的腿肿胀成青紫色，他感到火烧火燎地疼。

昨日连夜的风雪，今晨天空已放晴。潮湿的大地上没有风，鄂博古怪地沉默着。

蓦地，一声饥饿的渴血的飞禽声凄厉地划过长空。抬头一看，一只铁锈色的鹰在他的头顶盘旋。它已闻到了血腥味。黄骠马仰起头，不安地喷着鼻息。

他焦急地想，歇一会儿就走。无论如何，他必须活着走到遥远的准噶尔，见到浑台吉阿睦尔撒纳，向他报告满清的弘历皇帝准备彻底毁灭准噶尔的机密方略，还有清廷大军大肆准备的详细情况。这些都是他在清王朝的腹地得到的情报。

噢！浑台吉，他可真是个铁骨铮铮的热血汉子呵，可不知他今在何方。他焦急万分地想。

巴彦巴图在被清军俘虏之前，生活游牧在塔尔巴哈台一带，在那里他见过出身厄鲁特蒙古白旗辉特部的年轻浑台吉阿睦尔撒纳。

巴彦巴图和已死去的伙伴们，都是三年前被清军俘虏后安置在河北围场的准噶尔厄鲁特蒙古人。几个月前，他和伙伴们从围场一带悄悄逃出后西行。他们顺利来到河西凉州一带时却遭遇到了追捕的清兵。一场激战，他们死了十多个人后，从凉州匆匆折向西南的祁连山中。

昨日黄昏的风雪中，在夏日塔拉东边的黑沟与清军遭遇打了一场恶战。清兵死伤足有 40—50 人，但清兵人马远远多于他们，他带领的最后 30 名厄鲁特小伙子为掩护他死的死、伤的伤。他的腿上中了箭。他独自骑着黄骠马逃出了重围。那时，天已黑了，风雪越来越大，风雪的呼啸和人喊马嘶声分不清。清兵没有找到他。是他的伙伴们和这匹出色的黄骠马救了他的命。他穿过柳林渡过冰封的大河后，用破布条包扎了伤腿。他和疲惫至极的黄骠马在河边的树林中藏到了半夜。后来，他骑着马沿河谷的灌木丛来到了这里，天快亮时，他看见了不远处的这个鄂博。四周看不到一个人影。他来到鄂博上，心中充满了对昨日死伤的伙伴们的悲伤。

再让黄骠马多吃几口草歇一会儿吧。他这样想着。几天来不分昼夜的驰骋和搏斗已使黄骠马精疲力尽，而准噶尔的路途还很遥远。

太阳已升起，他的头顶的那只铁锈色的鹰仍在盘旋，巨大的翅膀在空中发出刺耳的"萧萧"声。

忽然，黄骠马抬起头不安地咴咴嘶鸣着。他急忙扶着长矛顺着黄骠马的目光看去，只见远处有十几个骑着马的人散成扇形朝这个山岗驰来。是清兵！他快步离开鄂博，解下拴在灌木上的黄骠马，跃上马背向鄂博西北方向奔去。清兵呐喊着向他追来。这时从他前方的灌木丛和山沟里又涌出一队清兵马队，远处更多的清兵骑着马从山岗和旷野上像乌鸦般地黑压压地涌来。他略吃了一惊，掉转马头向鄂博奔去。黄骠马腹部中了清兵从灌木丛中射来的一箭，但它仍跑上了小山岗，只是颤抖着气喘吁吁，浑身流着汗和血。他跳下马时，黄骠马望着他悲凄地嘶鸣着倒下了。他把长矛用力插在地上，跪下后用双手抱起马头，把自己的脸颊悲哀地贴在黄骠马的脸上，黄骠马的黑眼睛里滚淌着泪珠，接着它慢慢地闭上了眼睛，把头垂在地上。他跪着默哀了片刻，便从马鞍上取下那支俄罗斯火枪，端着枪匍匐在已死去的马后。

清兵包围了鄂博，十多个清兵下马后，疑心重重地慢慢向他靠近。他们无疑是想活捉巴彦巴图。

"唑……砰……"

铅弹划过天空，几股白烟袅袅升起。他的手很稳，眼睛也很准。三个离他最近的清兵倒下了，其中一个像中弹的野兽一样在山坡上手抓脚蹬地挣扎着、呻吟着。其他清兵后退了数百米远的地方趴在灌木丛中。想活捉他的清兵，没有长官的命令，不敢射箭也不敢放火铳。

巴彦巴图没有再射击，他站了起来，右手扶着火枪，左手叉在腰上大笑起来。

"哈……哈……哈……噢嚓"，刚刮起的山风呛了他，他弯下腰猛烈地咳了几声。他再抬起头时，蔚蓝的天空上，阳光正灿烂，他听见洁白的云朵呼啸着掠过山顶的声音。而那远处盖上一层白雪的山头多么像他家乡的山呵！

清兵一下子水泄不通地围住了鄂博。一个很气派的清军军官下了马，在几个背着火铳、马刀、梭镖和40支装弓箭的剽悍士兵簇拥下朝前走了几步，然后操着熟练的蒙古语向他喊话，让他投降，还说准噶尔已归顺大清，浑台吉阿睦尔撒纳已被大清皇帝封为一等亲王。还说保证让他一生住在京城享受荣华富贵之类的话。后来，他没有听见那个军官还在不停地说些什么。他只是听见头顶那只铁锈色的鹰低低地几乎擦着他的头顶掠过，像一只巨大的弯弓。鹰发出尖利嘹亮的呼啸声，它在呼唤它的同伴。

风在呼啸云在飘，远处的山真美。巴彦巴图丢下火枪，从己开线的靴筒里抽出短剑，猛地刺进了自己的左胸。他倒在了黄骠马的旁边，他的痉挛的手伸出来搂住了黄骠马的脖子。从他的胸口逆溅出一股黑红的青春的热血。血渐渐流得慢了，伤口渐渐发黑……

于是，他和那匹黄骠马一起永远地留在了遥远的异乡蛮荒的山冈上，在渴血的鹰和秃鹫成群地盘旋的古老鄂博旁边。他的情报也永远不为阿睦尔撒纳们知道了。

旧史书上记着这样一句话："……厄鲁特贼首巴彦巴图在黄城儿西四十里夷人之鄂博持短剑自尽。"

两年过去了，到了1757年，这年夏天，阿睦尔撒纳的同盟者和喀尔喀地区的反清领袖青衮札布被清朝俘虏后处死。这年9月21日，失败后的西北草原反清首领阿睦尔撒纳患天花痘症死在西伯利亚的托博尔斯克，时年36岁。清军占领准噶尔……曾使清朝玄烨皇帝及他的两代继承人对之进行了近一个世纪战争的准噶尔灭亡。

1759年，清军摧毁了准噶尔在天山裕勒杜斯山区的最后一个基地。

文章读完，看向窗外，皇城草原在南方，匍匐在视线受阻的大山之间。我知道只要直线行走，很快就会到达那片草原。我说我一定要去一次皇城草原。妻说前年皇城那达慕不是去了吗？我说那不算，只是在皇城草原边上停留一天，等于没去。她说回来的时候就去。但回来时终究没能去成，我们从阿克塞县向南，翻越阿尔金山，一头扎入一望无际的大柴旦戈壁。

车子突然震动起来，底下发出"吱吱"的怪响，妻子手足无措，好不容易在路边停下，一家人吓得说不出话来了。我安慰几句，下车检查。车底下什么也没有，但后面的路上却有一块比足球大一些的石头，可能钻到车底下摩擦了底盘。打开手机上的手电，我趴在地上将底盘详细检查了一遍，似乎没什么问题。没有破坏的痕迹，也没有漏油的痕迹。我跟她说一点事没有，她已经摇着头坐到副驾驶上去了，说再也不开车了。

重新上路，她说根本就没看见路上有石头，一遍又一遍地说太吓人了。为了缓解她的压力，我说了些关于祁连山的奇闻逸事、小故事。她渐渐平复心情，也说了一个关于祁连山的故事：

十几年前，有一个放羊娃到一户牧民家去放羊，却和那家的女主人相爱了，被男主人发现，男主人和放羊娃发生争斗。放羊娃用一把主人家的小口径步枪一枪打死了男主人，然后自己跑进了祁连山。警方前前后后组织人力十几次大规模地进山寻找都无果，生不见人死不见尸。过了两年，有牧人提供线索，在祁连山内的某一个山洞中有人居住，偷偷宰杀牧人的羊。警方去找却什么也没有找到。

而世事之奇妙就在于，看似和我们毫无关系的故事却最终和我们纠缠于一起——那个女人，一直生活在祁连县城，然后在某一个适当的时候，成了妻子的婶婶，成了我们的亲戚。

她说她见过这位婶婶，已是中年妇女却依然身姿婀娜，面容姣好，反而更显女人魅力，难怪会惹出大事。她觉得这位婶婶并不是看似精明的叔叔能够降服的主。

半夜里，祁连县城依然灯火璀璨，而马路上却一片静谧。沿街揽客的酒店舒适的床在呼唤我们。

祁连山的野牛沟

祁连山包容万千。雄浑的祁连山，你没有进去之前，在祁连县城的边上停下车眺望那层峦叠嶂，会有一种望而却步的胆怯。天空极其阴沉，所有的山头都缭绕着水分十足的灰云，雨滴已经来了，一阵阵的冷风穿过你的身体，一股由内而外的阴冷陡然而生。你不禁打个冷战，仿佛祁连山是一头洪荒猛兽，正张开血盆大口，喷出野蛮的荒野气息。

祁连县至野牛沟，先是沿214省道弯弯绕绕地穿行于河谷中，映入眼帘的是血红色裸露巨石的山体，接着"血土"流淌的痕迹出现了，又出现零零散散的一些村落人家、一些很深很深的沟壑边树立的警示牌：泥石流洪水危险区，请注意安全。不久前泥石流冲刷的痕迹十分明显，几块汽车大的石头差一步就到公路上来了。

每一面阳坡上立满松树。它们像卫士一样保护住山体。有松树的山体就不见滑坡，不见水土流失，不见衰惫的痕迹。这些树，还有大冬树垭口这边，阿咪东索那些区域的参天大树，很大一部分是原生的。阿咪东索深处，牛心山脚下，安静得仿若置身世外桃源，零零散散的一些牧户，他们的行动也显得那么安详，好像在这里住的就是一个宁静。人与自然的最完美的和谐，不就是这种你中有我、我中有你的亲密吗？

黑和，古弱水，黑水，发源于祁连山北麓中段，流经青海、甘肃、内蒙古自治区三省区。到了下游称"弱水"（古弱水）。其中内蒙古境内河段称"额济纳河"（西夏语黑水），然后在居延海消失。

出了黑河峡谷，一块告示牌上写着"基本草原保护区"。什么意思？

快到野牛沟乡的时候，有个"野牛沟乡虫草采集检查站"，现在已经过了虫草采挖期，检查站里好像没有人。这一带的地貌倒是和海晏地区很相似，已经比较平坦了。

黑河上游每隔三四个沟沟就有一两家牧户。有刷成红色的砖瓦房，有采光的羊棚，依山而建，山体一层层、一条条，像长长的台阶，又像极窄极窄的梯田。

这里有"黑河国家湿地公园"。

卧牛于野，魂归苍天！

而那些山梁上的牛群，是野牛沟的魂魄！

当地牧人的草场格外宽展。我问过几个牧人，他们每家的草山亩数都在三千亩以上。草山大，就意味着可以多养牛羊，可以有效地缓解草场压力。

地图上看好的路线，从祁连县到野牛沟，再到213省道和二尕公路的交汇处，从这里向左拐，沿着213省道进入雾霭苍茫的深山，翻过祁连山脉的一支，百公里就到肃南裕固族自治县了。旅行途中总有意外，到了这儿才发现因为213省道升级维修，这条路封闭了。我不得不跟着二尕公路继续向北，绕过一大圈到肃南，全程近四百公里，计划全打乱了。

野牛沟上界，大泉附近，草原的广袤逐渐显现，西北方向的天际雪山和天上的白云交织在一起，让人分不清哪里是雪山哪里是白云。这黑河两岸展开的平原，牛羊撒遍这片滩地，是最好的冬天的牧场。但牧区的牛啊羊啊，一匹匹骏马，它们夏秋的天堂还是高山大涧，那里有平原上不会有的大花朵和药草。

一路上，看不见一片垃圾，道路也干净至极。草滩就是草滩，会有石头和少许的草老鼠洞。

天际的雪银龙一般绵延到南边的山脉，那里就是祁连山赫赫有名的支脉:托勒山! 蒙古语中是"兔子多"的意思。

这里的羊群、牛群规模大，一群是一群，羊两三千，牛二三百。羊是纯正的藏系羊。而牛呢? 野牛沟野牛沟，因野牛而得名，这里的牦牛更是没的说，叫人眼红。所见到的牦牛群一看便是由真正的野公牛繁衍而来的，全黑，麻嘴，是近年来最受欢迎的牛种，也是最优质的牦牛品种。

这里真荒凉啊！

托勒山脉，全部积雪覆盖。那雪，远远地看过去就能感受到其厚实和体量。走廊南山，山腰以上积雪，这边的雪倒是薄一些。这条路，仿佛一条去往天上的路。

这里是避世荒寂之地。铅灰色的厚重云层将两山压得极低极低，仿佛这云层要跟大山较劲，要把山压平。

从野牛沟乡到央隆乡，要翻越白雪皑皑的托勒山。从只能看见雪山的地方，一点点、一点点地靠近雪山并最终翻越雪山是一种什么样的感受？恐怕一个稍有情怀的人都会终生难忘。

央隆乡一日

先附录一首青海诗人才登女士的散文诗《央隆草原》：

我所惦念的央隆，是地壳运动顶起的万仞群山，是西北大野宠出的千里草海，冰川的耀眼敢于和星空媲美。

它是一个适合一切生命生息繁衍的土地，是罡风天星的家园，万物蕴藏着无尽的奥秘。

我所惦念的央隆，用整个祁连山作为护佑的屏障，层层灌木托举出山岳自然之大美，无际的川地牛羊肥壮。

它是军马、野牛和白唇鹿的栖息地，万千动物的犄角犹如移动的山峰，只一声呼哨就能唤醒祥瑞，撞开福门。

我所惦念的央隆，人民勤劳，习俗淳朴。它是老托勒人最先的希望和最后的家园，因为他们的临驾，沙尘才收敛了无视和暴恹。

我所惦念的央隆，明月经天，山水入怀。夏格日的经幡，拿邬卡的湿地，一汪汪清明散发着游牧民族的汗息。

我所惦念的央隆，在大地幽深的褶皱里默默付出，半个多世纪的奋斗，终于迎来了振奋人心的福祉——油路及大电。

我所惦念的央隆，是一片吉祥的土地。它曾哽咽着拥抱衣衫褴褛的西路军；也曾无私地收留走投无路的达玉部落，并深情地为他们舔舐伤口……

我所惦念的央隆，是托勒人家园，回不去的思念。

央隆，祁连山腹地之天堂牧场。远离城市人群，远离喧嚣的净土。

因为生态保护得越来越好，各种盗猎活动几乎绝迹，狼群、雪豹、狗熊频繁出没。所以近些年来，央隆的"托茂人"和藏族人饱受狼、熊等大型猎食动物等侵袭。我看到过住在央隆乡和其他一些地区的牧人拍摄的视频，有的是熊进入牧民的定居点中，将整个房子来了一个"大扫除"；有的是进入羊棚牛圈，进攻牛羊；有的更是直接攻击人。被广泛传播的有这样一个视频：一辆红色的货车停在牛圈门口，一些人正在往车上装牛，一个小伙子站在车里，这时一头熊晃晃悠悠地来了，径直走向货车。地上的人边四散而去，边高声呼吼威吓，但那熊根本不管，继续走向车，车上的小伙子看着，也许是觉得它跳不上车来，车上很安全。但那熊到了车跟前，以令人难以置信的敏捷一眨眼就跳到车上来，小伙子也够机灵，马上跳到货车的驾驶室顶上，然后在熊的爪子扫到他之前那危险的一瞬间再次跳到牛圈上，跑开了。熊没有追，立在车里看了一会儿，跳下车去。

视频到这儿结束了，我不知道它下去后是不是进入牛圈猎食了一头牛，还是就那么离开了。

还有一个视频是牧人们抓住了小熊，用几套绳子以各个方位套住它，最终将它牢牢地固定在一个水泥杆子上。

小熊既凶恶又恐惧，不断地发出嘶吼，想要挣脱束缚，但在十几个成年男子的围攻下疲于应付，最终老老实实地瘫倒在地。

环境保护的好不好，野生动物的数量就是一个明显的标志，只是当野生动物太多了的时候，尤其是食肉猛兽增多，无疑会给牧民带来相当大的困扰。它们袭击畜群，偷袭牧民的地窝，破坏房屋，胆子是越来越大了。这两年已经有很多人提倡要消灭一部分狼群，因为狼灾危害越来越大了，每年受到的损失加起来绝对不是一个小数目。已经连续三四年出现了狼群攻击成年牦牛和壮马的事情，狼群堵截羊群更是平常事，这在以前二十年是没有过的事情。

大山是它们的，但大山同样属于牧民。牧民需要生活，但动物们同样需要生活。当双方都是为了生存的时候，就已经没有了对与错了。如何调节这个矛盾是一件应该引起重视的事情。

沿着托勒河，一路上有很多正在转往夏牧场的牧民的羊群，动辄几千只。以前只是听别人说祁连人富有，但没有深切体会，这次算是目睹了他们的财富。

翻过海拔4131米的托勒山热水达坂垭口，公路蜿蜒而下，河谷两边的沟壑，每一条都极深极深，有真正的山坳。每一个山坳里都隐约有房屋闪现，都是孤零零的一家。这地方是真正的深山大坳、野兽肆虐之地。哪怕有这样一条省道，也阻止不了野兽的泛滥。路上随处可见的是旱獭，一个个膘肥体壮，呆头呆脑地看着汽车从身边经过，一脸的好奇。

路上载了两个搭车客，是一对青年夫妻。他们来自四川成都，一路半搭车半徒步，走了快二十天。这一路走来，他们说最大的体会是青海的环境保护，尤其是牧区的环境生态让他们格外吃惊，这和他们以前了解到的不一样。那男的说，走在路上，路边看不见垃圾，这已经是巨大的进步了……

央隆乡最多的是托茂人。托茂人有一部分在海晏县托勒乡，但大部分在这里。

央隆——托茂之乡！历史长河的延宕中，一些民族消亡，随风逝去；另一些应运而生，适应时代。其中有一族，名叫"托茂"，意为"有德有才之辈"，藏语叫"托日木"，意思是"流散人员"。而我们青海的蒙古部落一般都称其为"托茂公旗"，"托茂"这个词和蒙古族直接相关。

另外地名说和部落说都有较大的可靠性，也符合事实，有研究说在明朝崇祯九年（1636 年），游牧于新疆天山东南的和硕特部落固始汗率部入青，将所辖地分为左右两翼，海北地区当属其中，把游牧于今天的青海省海晏县托勒乡一带的蒙古族划为和硕特部南右后旗。清康熙五十年（1711年），册封固始汗长子达延之后裔，第五子索诺木达什为该旗辅国公。因"托勒"是蒙古语中"兔子多多"的意思，加之该旗草场阔大，人丁兴旺，牲畜繁盛，他们认为其部落头领是英勇无比的英雄，领导有方，因此将旗俗称为"托茂公"，所以"托茂"是"托勒"的转音。

我出生于海晏县的托勒乡，几乎可以说是和托勒的托茂人一起生活长大的，但在多年的游牧生活和日常交往中，我从来都没有意识到他们和我们有什么不一样。是的，他们信仰伊斯兰教，老人们会戴回族的白顶帽，但仅此而已。我头一次从历史渊源和特殊性的角度关注他们，是在几年前一位老师在饭桌上说起他们，说起对他们的研究。我记得当时我很惊讶，觉得太奇怪了，为什么要研究他们？我觉得他有些小题大做了，但是后来，慢慢地我对他们的历史演变了解得多起来，当初的想法也变了。他们的确是一个在中国历史中鲜见的特殊族群，而且他们在历史的巨轮下无奈变化的轨迹说明一个现象——人类在历史大趋势下的残弱与妥协。

央隆乡和野牛沟乡一样，省道穿行而过，两边是一些商铺房屋，也不长，走二三百米，央隆乡所在地就穿过去了。乡上有一个汽车站，和以往见过的汽车站不一样，这家汽车站站厅的正中央摆着一张台球桌、几张椅子。靠东北角是卖彩票的柜台，里面坐着一个中年藏族妇女；东南角台球桌，那里有一个年轻的藏族小伙子在喝啤酒，另外两个人正在打台球。买汽车票的地方在西北角，用铝合金做了一个简易的隔间。里面没有人，等了一会儿，那个卖彩票的妇女过来了，问我们什么事？我说有没有出省的车票。因为从这里再往北走很快就出省了，而且204号公路也是一条出省的公路，所以这里理应有票。但那妇女硬邦邦地说了一声没有，然后转身离开了，我想问的很多话都没来得及说。好在也不是非要一张票不可，我自己开着车，只是想了解一下。

央隆乡有三家饭馆，其中一家提供炒菜米饭，味道还可以。

出了央隆接着走，拐过一个山包，眼前突然光点闪烁，阳光出来了，托勒河闪耀着光斑，极目望去，野性十足的大山大水大平原一望无际。那种苍凉荒芜直逼人心，来得强烈、凶猛，带着大自然的威严，让人望而却步，不敢踏足了。因为，这里是祁连山的腹地，再往前，是祁连山的无人区了。真正的蛮荒之地。

托勒牧场！大名鼎鼎的地方。在我很小的时候，我的很多亲人们心里放不下，嘴里念叨的就是祁连托勒牧场，一片天堂牧场。我能感觉到他们说的时候心里流淌的泪。于是，托勒牧场就在我心里扎下了根，我想知道这是个什么样的地方。今天，我来了，站在这片几近荒蛮的大地上，一种膜拜的冲动油然而生，我真的祭拜了，这片草原和牧场的源头！

公路就在我们惊诧至极的目光下消失，突然就断路了。当前插着一块小小的告示牌：前方盘山路段，请谨慎驾驶。

一条糟糕得不能再糟糕的土路羞羞答答、扭扭捏捏地钻进山里去了，那山顶云雾缭绕，阴霾密布，有雪花飘洒。

我们犹豫了一会儿，搭车的男人说按照地图显示，这条路可以走通。于是我们硬着头皮驶上这条所谓的"省道"，车子颠簸得厉害，车上载满了人和行李。而最令人不安的是车子可不是正宗的越野车，一旦在这深山老林抛锚，后果不堪设想。这样胆战心惊地走着，仿佛连汽车也战战兢兢。行驶了将近五公里，还在山沟挪腾着，而时间已经过去了一个小时。怎么办？

妻子不让我开了，说一旦进去，没有信号，出了问题真是叫天天不应叫地地不灵了。我们停下，踌躇了一会儿，还是决定返回。与未知的危险比起来，重走来时的路是完全可以接受的。

等重新回到祁连县，是晚上十点。不知何时云层退去，朗夜清清，群星璀璨。

在距离祁连县城还有十几公里的时候，两位搭车客要求下车。"我们今天的徒步任务还没有完成。"男的这样解释说。

他们这一路两百多公里的路途上睡了两觉。刚开始返回之际，他去买了几瓶水。在重新翻过热水垭口之前，我们聊得很愉快，大部分内容都围绕着祁连山展开，就当下的生态环境面临的现状和这方面政府取得的成就，我们持相同的观点：政府的力度大，但中国的生态环境保护任重道远。世上的事，都是破坏容易建设难。

翻过疏勒山热水垭口，搭车的两口子睡着了。妻子也坚持不住了，坐在副驾驶直打盹儿。我让她睡一会儿，她怕我们都睡着了会影响我就摇头，说还能坚持。

在阿柔大寺露营

在祁连县城里找了个川菜馆吃饭。三个菜，米饭。我们饿坏了，仿佛几天都没有好好吃过东西，狼吞虎咽。我们没有住旅馆，继续开车向前，朝峨堡镇方向。我们想找一个可以露营的地方，但这一带全部是高速公路，扎营之地真不好找，一直到阿柔大寺，才在右手边看见一片比较开阔的地方，而且那里有一户牧民的大黑帐篷孤零零地守着一片油菜地，背靠大寺面朝八宝河。将车从那条高高的路坎上开下去，妻子去问帐篷门口的藏族妇女，看看他们这里能不能扎营。显然这一片地不是他们家的，但必要的礼貌还是要有的，出门在外，我父亲很早就告诉我，嘴甜不惹人，勤快不饿人。

妻子和那个妇女用藏语聊了一会儿，走过来说，让我们随便哪里都可以住，这一片地都是她家的。而且她还强烈要求我们去她家里住，因为她的房子就在前面河边的高台上。妻子指给我看，一栋红砖大瓦房。最后我们还是谢绝了她的好意，找一块平整又干净的草地下好旅游帐篷，铺好防潮垫、睡袋。妻子拿着暖壶去藏族妇女帐篷里要一壶开水，我则坐在帐篷里，靠着工具箱在笔记本上写下一些旅行的感受和对祁连山的思考。过一会儿，妻子来了，笑嘻嘻地说对方非要给灌一壶奶茶，根本没办法推辞。人家的好意再三推辞就是不礼貌了，尽管我们更需要一壶热水而不是奶茶，但人在旅途遇到热心的人的确让人心情愉快。

奔波了一天，天气又炎热，很想热水洗把脸，但既然没有热水，我们就退一步，到两百米远的一条很小的小溪里去洗脸，洗脚。然后慢慢走回来，坐在帐篷门口的草地上，妻子倒了两杯奶茶。奶茶很浓，茶香四溢，进入腹胃暖气十足。我们都没有说话，前面是一条弯弯曲曲的河流，更远处是祁连山的牛心山，高耸入云。此时骄阳西坠，晚霞似火，草原一片金黄璀璨。沐浴在这红彤彤的夕阳中，置身于这苍苍莽莽的祁连山中，庄雅肃穆又幸福饱满的感受萦绕周身，宛如身在妙境！

时间一点点消逝，时光在明暗之间交替。空气中有些凉意了，我们转而进入帐篷，钻进睡袋里。帐篷门没有拉上去，我们继续安安静静地看这渐渐幽暗的草原，谁也没有说话的兴致，只觉得这样默默地享受着大自然的气息是最好的。

夜间的风凉飕飕的，倒是不大。一百多米外的公路上汽车喧嚣，午夜了才逐渐安静下来，偶尔一辆车呼啸而过，寂静的夜里尤显惊扰。

这里是祁连县阿柔乡，因阿柔部落而得名。查看过地图，峨堡镇居然将阿柔乡劈成两半，一半靠着门源县，一半靠着祁连县城。关于阿柔部落的前世今生，在此摘录由赵元文先生编著的《海北民俗》中的一章：

阿柔部落的起源，史料中无有力的记载，只在民间有着众多传说。据说阿柔部落的先辈游牧于今天的黄河上游的阿尼玛卿雪山一带。当时的阿柔尚无部落寺院，因牧人们常到阿尼玛卿雪山去转"郭拉"，煨桑祭神。在转"郭拉"的途中，看到雪山自然形成了一个藏文"阿"字这一奇迹，牧人们认为这是雪山之神的某种暗示，部落遂因此命名为"阿柔"。同年，部落诞生了一个神通广大的男孩，被推选为部落首领，取名阿柔完德智华昂秀。他长大后娶妻生九子，九子后来又形成九个小部落。清朝顺治年间又从海南州的巴芒拉等地迁来了两个小部落——德芒和日芒加入阿柔，形成了有11个部落的阿柔部落。这是阿柔来源的一个传说。

后来阿柔部落和那段时期的很多部落一样迁徙了。阿柔部落迁徙到祁连后，当地的蒙古族为他们让出了大片牧场，阿柔藏族又为蒙古族分担了"官差"，两个民族和睦共处，相互通婚，繁衍至今。

书中考究了阿柔当地的风俗习惯和饮食文化，基本上和环湖地区其他部落没有太大区别，但也有一些是因为各自部落的独特发展和环境氛围影响而产生的别致独到的文化。首先在饮食上，生活在青藏高原的牧人有着最基本的食物：酥油、奶茶、糌粑、酸奶、牛羊肉、血肝肉、几种灌肠等，当然还有最最少不了的酒，男人们永恒而贴心的伴侣！这些几乎是青藏高原牧区最普遍的食物，只要你人在这片高寒之地，你到任何一个牧人家里去，都有。这些食物无一例外，都是高原特产，产出于此，消耗于此，自给自足自成循环。这些食物来自两个源头：牛羊和青稞。有这两样东西，高原便是一个完整的世界。事实上，从某个方面来说，牧人的原始崇拜，就是这些食物，这片世界的营生之源。

时间。午夜。最接近死亡的时间。外面有亮光，不是灯光，是月光。一弯可怜的残弱的月亮，眼看着即将死去。

后来我写此文章，回忆那个夜晚，那个夜晚其实是我对逝去的过去感到伤感的一夜。整个祁连山属于我！

死亡，是高原上牧民频繁接触的。不说人的死亡，单单牧人们自己造成的杀孽就已深重无比了。只要生活在草原上的游牧民，哪个男人手上没有几十、几百条的生命，虽然说都是畜生、飞禽或走兽，是为了生存。但生命这东西，对于人和其他所有生物都是一样宝贵的，没有区别。牧人们选择用信仰涤洗心灵，这是最好的办法；牧人们也关注死后的事情，所以高原民族的葬礼就显得与众不同。游牧民族的死后事宜总是和宗教紧密相关的。做法事超度亡魂，49天、1周年、3周年、10周年到寺院里做经事是蒙藏两族最常见的宗教活动。葬礼习俗是一种人类社会的文化现象，它在一定程度上反映了一个民族当时的社会状况、观念形态及文化状况。原始的灵魂观念的核心是"灵"与"肉"的二元观念和灵魂转世思想。灵魂转世思想的产生，使人们的观念形态发生了根本性的变化。公元 12 世纪，随着藏传佛教觉宇派在安多地区的传播，使安多地区的葬俗也发生重大转变，即由原来的土葬、野葬、风葬方式改变为天葬、火葬，形成了藏族以天葬为主、蒙古族以火葬为主的葬俗。

天葬是藏族的主要葬礼，当人停止呼吸后，一般会在家停尸 3 天到 5 天，这段时间里，根据亡者的生辰属相，请寺院高僧卜算出出殡日期。然后将尸体用绳子捆绑，并腿屈膝成蹲式，双手交叉于胸前，男性亡者左手贴胸，女性亡者右手贴胸，状似胎儿。同时，也要为亡者在佛堂前设置灵位，摆放供品，燃酥油灯，延请僧人念自入经，超度亡灵。在这几天，不断会有亲人好友前来吊丧，后生晚辈向亡者磕头道别！

出殡之日早晨，由男子将亡者尸体运往天葬场，先是煨桑祭祀，之后天葬师进行天葬仪式。等事情完毕，人们回到亡者家中，共进一顿丧饭，以示哀悼之心。

在青海湖北岸的深山里，有一些山谷就是天葬场。记得小时候，我家秋牧场的最深处，一个只有一道弯的山谷就是天葬场，里面夜间磷火闪烁，山顶常年秃鹫盘旋。那里是一处童年的恐怖之地。一旦运气不好，牛群跑进去了，我一个人是万万不敢去的，总要找上三两个伙伴，一起壮胆进去。

火葬在过去一般用于高僧大德，但现在盛行开来，成为一种流行的葬俗。海晏地区的蒙古族和祁连山周边的蒙古族以及大部分藏族，都是火葬。

火葬前面的流程和天葬的差不多，出殡时，尸体呈坐式，或仰躺卧式，用绸布包裹严实，运往火葬场。当亡者进入焚烧炉，前去火葬场的男人们和僧侣一起在经堂诵经，为亡者超度。火葬完成后，僧俗骨灰有三种处理方式：其一，僧人的舍利子移置灵塔之中，在寺内供养；其二，俗人的骨灰装进小匣子，挖土穴埋于地下；其三，抛洒于高山或江海之中。

这是最常见的两种葬礼。也是最环保的两种葬礼。

我的祖父、祖母、大伯、叔叔……他们都是火葬，骨灰也回到了牧场，在那卡诺登山面朝大湖的一处山坡上，他们相继被安置于同一块地方，骨灰如雪，只一夜便被风吹得干干净净，没有对草原、牧场造成一点伤害。祖父在的时候，会把牧场里看见的垃圾拾起来，装在长年累月摆放在房子或毡包后面的一个麻袋里，等攒够一麻袋，他就拿去烧掉。但他不会烧牛羊尸体，更不会掩埋。他说："羊吃草，草吃羊。"

死亡其实是在为新的生命创造生存条件。灰飞烟灭、瓦解腐败是自然给我们的一种假象。这种假象保护着生存的原始密码。于是我们在研究之后意识到问题，产生了禁忌。

禁忌产生于社会，运用于生活，家庭日常中最见其真。比如，家中来了客人，就不能扫地，不能从客人前面走过，不能背对客人，不能在客人前打骂孩子，不能用有豁口的茶碗给客人倒茶，不能乱说乱笑，不能在客人面前说"死""杀"等不祥字词。"给亲戚吃好，给自己穿好！"这句话在草原广为流传。平常日子里，家里有老人病了，或者有孕妇，这时来了客人，如果不是专门来治病的，便不会到病人的房间里去，孕妇更不会见面。在过去，人们会在帐篷门口插上一截松柏枝以提醒来人。现在大概是因为有多余房间，这种习惯已经没有了。轻易不让家中的火熄灭，不向火中倒水，不准朝来人泼水，更不能在火上撒尿。禁借火给别人，不向北方之外的地方撒灰，晚上不倒灰，不能在有人的或者来人的时候撒灰倒水……

不讲究这些的人家，会被认为没有教养，没有礼貌，会受到蔑视耻笑，不受人尊敬，连带整个家族都将受辱。

忌讳在初一、初八、十五这样的日子里杀生。老人们的说法是这样的日子里杀生是平时杀生罪孽的十倍百倍，是神佛不允许的。更不要说在节日里杀生，老人们认为那是最残忍最大罪过的事。应该让一切生灵和人一样过节过年，分享人间幸福、欢乐。因此，每年过年时，牧人们都会给家里的狗、马准备比平日丰盛得多的食物。会给牛羊换一个新的草场让它们在新年吃到新的草。也会在牛圈羊圈里熏柏香，祈祷新年里畜圈安宁、繁息兴旺！而牧人们春节时更会潜心礼佛，为家人社会祈祷健康平安。在初一到初三这几天，最忌讳家人吵架，这被认为是接下来一年中家庭不安宁的征兆。

我小时候，很多次因为在家里吹口哨而挨打，父亲说家里吹口哨会引来不干净的东西。夜里，更不许唱歌，也说会有怪东西来。这招很管用，我哪怕在白天不记打地吹口哨，也绝不会在夜晚做这样的事。

写这篇文章正值中秋节夜，明月高悬，银辉铺满整个草原。整个中华大地沉浸在节日的欢快中。虽然蒙古族不过中秋节，但也会被节日的氛围感染。

　　早晨的太阳将帐篷照得暖洋洋的，强烈的光线逼着眼睛睁开。拉开帐篷的拉链，草地晶莹，湿漉漉地闪着光泽。晨光中，眼前的油菜花波光粼粼，十分耀眼。清冽的空气里花香浮动，鸟语啾啾。还是去那小溪里洗脸，溪水冰凉，刺激血液，精神焕发。吃了简单的饼干牛奶早餐，收拾好帐篷，将所有的东西装进车里，把垃圾装到一个袋子里也放到车上。妻子提议去寺里面看看。尽管去年来过但她还是想去。于是她专门去和那个藏族长辈告别。我们将车开到阿柔大寺的停车场。

　　寺院门前几乎和所有的旅游景区一样，有售卖当地特产手工艺制品和佛教饰品的摊位，沿着寺院大门两边展开，很长一溜儿。我们来得早，大多数摊位还没开张。寺院的大门内是一条百多米长的上坡水泥路，两边种植有树木，树丛间有花朵盛开。我慢慢走着，在手机上看阿柔大寺的资料：约在清道光年间，头人却丹时期阿柔部落一部分北迁祁连，于现址重建寺院，但规模较小。20 世纪 40 年代，在阿柔千户南喀才昂和百户阿多等人支持下，该寺发展很快，成为祁连县境内最大的格鲁派寺院。1958 年前，全寺有大小殿堂 5 座，共有土房建筑 840 间，用作经堂和佛堂的巨型牛毛帐篷和蒙古包 7 顶，全寺有马 50 匹、牛 430 头，寺僧多达 250 人，其中大小活佛 15 人。1958 年后关闭，1962 年一度开放，入寺僧徒 23 人，新建土房经堂和 140 多间僧舍，1966 年再次关闭。1980 年 11 月 20 日，阿柔大寺又重新批准开放，新建土房经堂 1 座，客房 9 间，茶房 3 间，僧舍 50 余间，蒙古包佛堂 1 个，现有寺僧 24 人。该寺的大型活动有正月祈愿法会、四月的守斋戒会、六月的供养会和住夏活动、十月的甘丹五供节以及显宗学院的四季学经期会和修供大威德金刚、马首金刚的仪轨等。寺里的巨大的牛毛帐篷，让人震撼。绕着走一圈，需要几分钟。我忘了数一数这顶"巨无霸"的帐篷到底有多少条钢绳，目测不会少于百条，宛如蜘蛛的腿，而这个黝黑的牛毛帐篷，从远空观察也一定像一只巨大的黑蜘蛛。这种比喻不是我的想法，而是走在我们前面的一个人在跟他的同伴——两位女士这样说。这个男的接着说，按照他的见识，这顶帐篷应该去申请吉尼斯纪录，因为他从来没见过比这个更大的牛毛帐篷。

肃南肃南

我最早知道肃南县是因为那里有一次赛马会，我们村里很多人都去了，那会儿我因为有事情没能去成，所以很遗憾。

经祁连峨堡，盘山翻越海拔 3685 米的俄博岭垭口，进入甘肃省民乐县。也是来到了祁连山脉的北面。

这边的山体崖石林立，一条条，尖刺似的朝天耸立好似恐龙之脊背。突然，前面路上出现了两只狍子，我赶紧停下车，而且是将车停在路中间，后面的车也都有觉悟地全部停下了。我看着一只转身跳进河谷，另一只跑过马路，想要冲上对面的山，但沿山都有网围栏，狍子冲了三次，次次被铁丝网弹射回来，还摔了两次，三次后，这只灵动漂亮又傻得可爱的小狍子大概是明白了，掉头朝河床跑去，而它的那个同伴正在河对岸焦急地等着它。两小无猜的家伙汇合后，挤挤挨挨、亲亲热热地奔向山坡。后面的车里传来赞叹赞美声，还有一丝羡慕，仿佛这对狍子的不离不弃让他们惭愧了。

在张掖休整，吃饭，给车加油，绕上 213 号公路、张肃公路。八十公里，肃南裕固族自治县就在眼前。

肃南县是中国唯一的裕固族自治县，地处河西走廊中部、祁连山北麓，东西长 650 公里，南北宽 120—200 公里，总面积 2.38 万平方公里，人口 4 万左右。

　　裕固族人口很少，而且和蒙古族有很大的渊源，其历史演变与形成和很多少数民族一样，都是因为战争的原因。从以下资料可窥见裕固族之演变历程：

　　裕固族源出唐代游牧在鄂尔浑河流域的回鹘，使用三种语言，分别为：属阿尔泰语系突厥语族的裕固语（尧乎尔语），属阿尔泰语系蒙古语族的裕固语（恩格尔语），以及汉语。

　　裕固族自称"尧乎尔""西喇玉固尔"，1953 年，取与"尧乎尔"音相近的"裕固"（兼取汉语富裕巩固之意）作为族称。

　　9 世纪中叶，回鹘汗国因内受大雪天灾和统治阶级内部的争扰，外受黠戛斯族袭击而崩溃，部众分途西迁。其中一支迁至河西走廊的沙州（今敦煌）、甘州（今张掖）、凉州（今武威）一带，受吐蕃政权统治，史称河西回鹘。851 年，沙州汉人张议潮乘吐蕃内乱之机，领导沙州各族人民起义，驱逐河西吐蕃守将，据有瓜、沙、伊、肃、甘等 11 州之地，归附唐朝。河西回鹘遂依附张议潮。872 年，张议潮死。后来，河西回鹘攻占了甘州城，立了可汗，所以河西回鹘又被称为甘州回鹘。875 年，回鹘从合罗川（今额济纳河，在张掖西北）遣使入贡，唐赠绢 10000 匹。当时，唐朝本身已很穷困，还能应贡使要求馈赠绢匹，充分表现了双方的友好关系。

到了 10 世纪，吐蕃势力衰弱，甘州回鹘逐渐强盛，进一步控制了兰州、河州，扼制着唐和西域的交通孔道。后来又击败瓜、沙等州的汉族统治者，使瓜、沙二州实际上成为它的附庸。

甘州回鹘建立政权后，统领河西各回鹘部落。最高统治者为可汗，同时还采用汉族官制，设有宰相、枢密使等职务。可汗统领下的部落中设有首领，"分领族帐"。按照《宋史》记载，当时有瓜、沙二州回鹘，凉州回鹘，贺兰山回鹘，秦州回鹘，合罗川回鹘，肃州回鹘等。

河西回鹘同中原王朝一直保持着密切联系，以甥舅相称。到北宋时，甘州回鹘可汗时常派遣使者来贡土产，宋朝呼为"甘州沙州回鹘可汗外甥"，回赠内地特产。宋太宗太平兴国五年（980 年）和宋真宗大中祥符三年（1010 年），甘州回鹘可汗曾数遣重要官吏到宋朝京城朝贡，献橐驼、名马、珊瑚、琥珀 。

11 世纪中叶，西夏与河西回鹘发生战争，攻破甘州，甘州回鹘政权崩溃，从此河西回鹘成为西夏附庸，各部落迁到嘉峪关外放牧，但仍与宋朝有联系。宋神宗熙宁元年(1068年)，回鹘使者又来朝贡，求买金字《大般若经》。1073 年，使者称回鹘人口有 30 余万、丁壮 20 万。这一支人口逐渐繁衍，成为河西一带的重要势力。1227 年，蒙古军攻灭西夏后，河西回鹘被蒙古人直接统治。

11 世纪中叶到 16 世纪是裕固族逐步形成的重要时期。在漫长历史过程中，河西回鹘的一部分同周围蒙古、藏、维吾尔、汉等民族长期相处，互相融合，逐步发展形成一个共同体。《宋会要辑稿》称之为黄头回鹘，《元史》称之为撒里畏吾，《明史》称之为撒里畏兀儿，就是今天的裕固族。今天的甘、青、新交界地区是他们活动居住的共同地域。在这段时期，河西回鹘中也有许多人融合到其他民族共同体之内去了。

元末明初，嘉峪关外一带的吐鲁番、哈密、瓦剌等地方封建集团互相争权夺地，不断发生战争。明朝乃先后在关外设立了安定、阿端、曲先、沙州、罕东、赤金、哈密等几个带有军事性质的"卫"，统治各族人民，裕固族也被置于"卫"的统治之下。但不久，各卫由于统治者之间的相互攻伐，外受吐鲁番政权及蒙古右翼封建主的侵袭，相继崩溃。明朝为了便于统治，将关外诸卫迁入关内安置。裕固族这时也东迁入关，在肃州附近及甘州南山地区定居下来。

东迁入关是裕固族历史上的一件大事。至今，裕固族民间中还流传着关于东迁的传说。据说，在几百年以前，裕固族的故乡遭受很大的风灾，狂风卷走牲畜，沙山吞没帐房，连黄金筑成的经堂也被淹没在沙山底下了。又说他们遇到了别的宗教的压迫，在故乡不能立足，开始东迁。"走过了千佛洞，穿过了万佛峡，酒泉城下扎营帐。沿着山梁走上那高高的祁连山，望见了八字墩辽阔的牧场。草绿花香的八字墩草原，变成了裕固族可爱的家乡。"这首历史民歌大致反映了裕固族东迁的路线和经过。

裕固族原以畜牧业生产为主。史载五代各朝和北宋政府所需战马，主要从回鹘购买。甘州、西州回鹘每年都不止一次以进贡名义送马匹到开封，五代或北宋政府都"估值回赐"，付以价款。宋太祖乾德三年（965 年）初，甘州回鹘一次就贡入北宋政府"名马"1000 匹，另有橐驼 500

只 。东迁后，裕固族在经济生产方式上逐渐发生变化。黄泥堡地区的裕固族在同汉族相互往来和在其影响下，学会了农业生产技术，并逐步以农业代替畜牧业。肃南地区仍从事畜牧和狩猎业。由于汉族地区铁制工具和武器的输入，裕固族农业、畜牧业和狩猎业的技术有了提高，生产力得到发展。

明崇祯元年（1628 年），在今张掖西南设立梨园堡，派兵驻守，作为统治裕固族人民的据点，并曾发给裕固族大头目管辖草原的执照。

清初厄鲁特蒙古准噶尔部占据南疆并威慑甘青西部，迫使祁连山地区的裕固族（清代称"西喇古尔黄番"）向其纳税称臣。准噶尔部在裕固族地区派驻有专门的收税官员。康熙三十五年（1696 年），清朝消灭准噶尔蒙古主力，裕固族归附清朝。

民国初期，裕固族地区分别由甘州镇守使和肃州镇守使管理。1931 年以后，马步芳的青海军队控制了河西走廊中部和西部。从此，裕固族处于马家军阀的统治下，前后长达十年之久。1942 年以后，国民党河西各县政府开始在裕固族地方编查户口，设立保甲，旨在将裕固族置于各县的直接管辖之下。在国民党"分而治之"的政策下，裕固族聚居区被分割得四分五裂，分属于张掖、酒泉和高台等县管辖。裕固族地区由此陷入长时间的纷争之中。

根据清朝康熙年间颁给"七族黄番总管"的执照，黑河上游的整个八字墩草原都是裕固族的牧地。1959年，甘肃、青海两省对祁连山地区省界进行大调整，八字墩和友爱由甘肃划归青海省祁连县，这里的裕固族"千里大搬家"，迁居青海划归甘肃的皇城滩（今皇城镇）。"千里大搬家"是清代以来裕固族分布格局的一次重大变化，各部落传统的居住区域被打乱。

进入肃南裕固族自治县大门，沿途景色尽是丹霞地貌，怪石嶙峋，形态万千。这里一路上很少看到有人家居住，甚是荒凉。因为在大修路，路况糟糕透了。

走着走着，还有三十公里就到了县城的时候，两边的景致忽地变得和家乡一模一样了，差点以为时光回转，走在了回家的路上。这里的山势、地貌、长着的草和那些网围栏，都让我产生了十分熟悉甚至是亲切的感觉。肃南是一个小县城，也没有什么好的景观等待我们，之所以要去，一是因为它地处祁连山之中，是靠着祁连山的，是另一个省的祁连山内的县城，我想来看看；二是因为这里是作家Y·C·铁穆尔的故乡，他的文字根植于这片土地。我想看看他的笔触是否在这片草原划出痕迹。

到达肃南县是下午三点。导航将车引领到县城里的一所寺院停车场（寺院的名字现在想不起来了），妻子进了大殿，点了酥油灯，磕了头，绕着寺院主殿的转经轮走了三圈，然后出来。我们坐在大门口的台阶上，看到几个人进了寺院，听说话是外省人。寺院建在县城高处，从这里几乎可以将整个县城一览无余。很小的县城，仅有的两条中心街道全在翻修施工，车不能进，噪音巨大，因为县城就在山谷中。我尽管心里有所准备但还是有些失望，但很快我就不失望了，因为在前面不远处就是祁连山的山体，山势浑厚，景色俊秀，沟壑褶皱间植被隐现，山坡上松树成林。感觉上，这里和另一边的祁连县应该处在差不多的位置，要是直线距离过去，可能不到一百公里吧。往山里有一条公路，想来就是祁连县那边已经被封了的公路，那是两县最近的交通线。

我和妻子步行走进县城，找了一家超市买了水和食品。

然后沿着乱糟糟的街边走，挑来挑去，进入一家面食馆，点了两碗炮仗。我们商量究竟是在肃南县里住一晚，还是离开，继续前进到嘉峪关。吃完饭，时间才刚过四点。我说我想沿着进山的路往里走走看看。

进山的路没有走多远，拐过一道弯后不久，停下来，山里有风。空气凉爽至极。我走下公路，朝着山的方向走了一会儿，站在一个小山包上，祁连山北麓，依旧是丰饶的牧场。西风吹动着原野，青幽幽的山峰闪着石头硬朗的冷光。周遭空无一人，牧民们大概都去夏牧场了吧。

我们没有再进县城，直接朝着酒泉方向进发。很快进入牧区，路上不见一间房子，不见一个人。这里大概就是他们的冬窝子。遇到一场雨，云层上方有阳光，于是就形成了下着彩色的雨的奇景。但雨越下越大，阳光渐渐没有了，天空阴沉下来。路过写有"博雅尔塔拉"路牌的地方不久，进入大河乡。这里也没有几个人，路边有一排平房，几十年前的建筑，上面用水泥浇筑的"大河乡供销社"的字迹到现在依然完好无损。再往前，路两边出现了一些民宅，统一的房子，统一的院子和大门。不一样的是挂于大门上面的刻着蒙古文字的木板。走上前去看，都是些诸如"吉祥如意""健宁安康""快乐之家"之类的吉祥语。

这条省道冷冷清清，好半天都没有一辆车。但路面状况极好，又是下坡路，车子飞快地前行。这里很干旱，而且越来越明显。山地渐渐少了，地势开阔起来，眼前忽隐忽现的是一片戈壁，那里蒸汽腾腾，白烟缭绕。

当我们彻底把祁连山扔在背后、一头窜入大戈壁时，下午的炎炎烈日将大地炙烤得燥热沉闷，不堪忍受。在公路右边，目所极处就是腾格里沙漠。酒泉卫星发射基地就在这条笔直得看不到尽头的公路的尽头。

河西走廊

从青海来到甘肃，踏上千年传奇丝绸之路、著名的河西走廊，我的心情很激动，我觉得我踏上的是一段由生命、失败、精神、血、流沙、孤独和火组成的神奇之路，是劈碎了的大海的沟壑之路！

这里的一切都在吸引我。

这里的一切我都着迷，正如我着迷痴恋祁连山。

河西走廊是丝绸之路的要道，但为何在河西走廊上没有"丝门"而有"玉门"？早在文献记述丝绸之路之前

2000 年，东西方文化交流的线路已经开通，但它不是为出口丝绸，而是为进口和田玉。"丝绸之路"名称是德国学者的"发明"。19 世纪末，德国地质地理学家李希霍芬在《中国》一书中，把"从公元前 114 年至公元 127 年间，中国与中亚、中国与印度间以丝绸贸易为媒介的这条西域交通道路"命名为"丝绸之路"，这一名词很快被学术界和大众所接受，并正式运用。后来，德国历史学家郝尔曼在 20 世纪初出版的《中国与叙利亚之间的古代丝绸之路》一书中，根据新发现的文物考古资料，进一步把丝绸之路延伸到地中海西岸和小亚细亚，确定了丝绸之路的基本内涵，即它是中国古代经过中亚通往南亚、西亚以及欧洲、北非的陆上贸易交往的通道。

传统的丝绸之路，起自中国古代都城长安，经中亚国家、阿富汗、伊朗、伊拉克、叙利亚等而达地中海，以罗马为终点，全长 6440 公里。这条路被认为是连结亚欧大陆的古代东西方文明的交汇之路，而丝绸则是最具代表性的货物。数千年来，游牧民族或部落、商人、教徒、外交家、士兵和学术考察者沿着丝绸之路四处活动。

河西走廊，祁连山北麓的繁荣商道，是一部绵长的悲戚与兴荣交融的历史画卷。西域、三十六国、马贼、土匪、匈奴人、突厥人、遥远的波斯人、天竺人，甚至是罗马人，汇集于丝路，追逐功名利禄……如烟尘滚滚！

　　河西走廊丝绸之路的历史源远流长，浩瀚如烟，仿佛自成一脉。驾车行驶于这片写满故事的古老神圣的土地，畅想千年间大漠戈壁中长长的逶迤的驼队的铃声悠扬。祁连山就守候在这里，东来的商客们，也许遥远地望见巍峨的祁连山就欢呼雀跃，沙尘暴没有了，荒漠没有了，沙贼马匪也没有了，干渴没有了。漫漫征程终有走完的一天，再也没有比活着到达目的地更快乐的事情！

嘉峪关外黄沙漫天

　　早晨醒来，用了一点时间想起自己在嘉峪关。昨晚到达嘉峪关住店后去吃饭，在一条小吃街上的露天小店喝了半斤白酒。晕乎乎地回宾馆睡觉，这才恍惚不知身在何处。

　　上午的时间花在了嘉峪关城墙上。一座兵营，一座宏伟建筑。在城墙上可以十分清楚地看到远处的祁连山，隔着百十里，青幽幽的，好像一座更大更恢宏的关隘。

　　嘉峪关被称为"天下第一雄关"，所处地是河西走廊最西端一处隘口。这里是甘肃西部，已经属于荒漠地区了，河西走廊夹于巍峨的祁连山和北山（包括马鬃山、合黎山和龙首山）之间，东西长 1000 公里左右，一条古道——丝绸之路穿行于祁连山麓的戈壁和冲积平原上。道路本艰险，到了嘉峪山隘口处，狭谷穿山，危坡逼道，嘉峪关踞此，地势非常险要，是京都长安和西域联系的关键。

嘉峪关是祁连山北麓的一个重镇，历来为军事要地。在明朝之前，这里有关无城，而真正将嘉峪关建设起来，并且将设施完善是在明朝洪武年间。无数岁月过去，战事频发，人事往替，雄关依旧。虽然现今早已失去往日雄姿，沦为怀古之地，但它依然如百战之将，老而弥坚。站在城头，眺望一会儿西北大漠戈壁，百里平川一览无余，一个人，一支商队，在这片荒漠里犹如沙粒。再转头望望祁连山，坚实地卧在那里，托住了这个关隘，大千世界、沧海桑田，祁连山如故。顿时心中感慨，唏嘘不已。

接着朝玉门关进发。玉门关啊，英雄洒泪之地，生死之关。想到盛唐气象，想到那边塞。

凉州词

〔唐〕王之涣

黄河远上白云间，

一片孤城万仞山。

羌笛何须怨杨柳，

春风不度玉门关。

从军行·其四

〔唐〕王昌龄

青海长云暗雪山，

孤城遥望玉门关。

黄沙百战穿金甲，

不破楼兰终不还。

关山月

〔唐〕李白

明月出天山，苍茫云海间。

长风几万里，吹度玉门关。

汉下白登道，胡窥青海湾。

由来征战地，不见有人还。

戍客望边邑，思归多苦颜。

高楼当此夜，叹息未应闲。

塞下曲六首·其一

〔唐〕李白

五月天山雪，无花只有寒。

笛中闻折柳，春色未曾看。

晓战随金鼓，宵眠抱玉鞍。

愿将腰下剑，直为斩楼兰。

这些诗歌，每每读来都使人热血沸腾，恨不能时光倒流，置身于千年前的大唐盛世，提宝剑，骑骏马，流浪中原、大漠、草原……

这里是分离诀别的地方。玉门关那边就是阳关。

"劝君更尽一杯酒，西出阳关无故人。"

这荒沙戈壁，这人类的禁区，这黄沙漫漫的大地呵……

玉门关遗址在河西走廊最西端，疏勒河的南岸。在由戈壁、荒漠、河流、湖滩共同组成的雄伟的自然地理环境中，北与北山相望，南与祁连山紧紧呼应，东南是敦煌，西面到罗布泊东部边缘约 150 公里。这片区域在地理上具有东西交通分界的标志地位，自古以来就是东西方交通的重要通道。

这一路上，人的心情是和环境一样的，寂寥、荒芜、空白一片。天气炎热，太阳千百年来钟爱这片大地。翻阅着从嘉峪关购买的书写这片土地的书籍，突然觉得，即使世间沧桑，时光飞逝，这里其实并未改变，什么也没有来，什么也没有去。

中午，在玉门服务区休整，有两家饭馆，其中一家是大盘鸡拌面馆，我们进去挑挑选选，最后呢，还是点了一份中盘的"大盘鸡"、一碗白水面。不知道是因为靠近新疆这个正宗大盘鸡的发源地的原因还是因为肚子饿了，总之这份"中盘鸡"的味道好极了，可以说是我吃过的最好的鸡肉，尤其将白水面和盘鸡的汤水拌匀吃，滋味绝佳！

这一路，我坐在副驾驶，一边揉着眼睛和因为长时间开车、坐车而又痛又僵硬的脖子，一边看着窗外几乎没有一点变化的荒诞的荒凉之地。路是笔直而高级的，车子平稳快速地前进，但给人的感觉却是缓慢的。要说这里没有动物也不对，一路上我看见了好几具尸体，两具是骆驼的，一具牛的，还有一个愣是没看出来，有点像狗，但也像狼，可那是一具全黑的尸体。不是牛。

好不容易看见一个有建筑的地方，是一家工厂——"恒亚水泥，甘肃名牌！"然后进入一片令人震撼的区域——双塔。这个地方铁塔电网密集得仿佛一片钢铁森林，这里是两条输电线路的交汇区，酷似钢铁牛头的钢架一列南来北上，一列由东而西，在此会师，令人头皮发麻的"刺啦啦"地欢庆，而后离别，各奔前途。

布隆吉服务区离下一站瓜州服务区有 60 公里。

当我们驱车几百公里到了敦煌市，在距离城市还有十几公里时很巧地遇到一场不大不小的沙尘暴，风力很大，我们把车停在路边一个沙地停车休息区。等了半个小时沙尘暴才过去，此时眼前的名城敦煌已是华灯初上，将这片戈壁大漠染上一层斑斓气色。

祁连山西端

第二日七点钟再次出发，连日的长途奔波，我们两人均已疲惫不堪，长途开车不是一件容易的事，尤其是在陌生的道路上。从敦煌到德令哈，这一路又是五百多公里。

而且路上的货车明显比昨天多了，路也不是高速公路，不是单行道，开不快。

路上看见一块指示牌——"天下第一墩"。一两公里外能看见一个山包似的凸起物，应该就是。然后看见被圈起来的光伏发电站。沙漠戈壁中，光伏发电站上空的光点聚集成一束，让那片天空都出现了扭曲。从地上的光伏板上集中上来的光线，像一把打开的透明的巨型大伞。看见了路边的玄奘法师的雕塑，佝偻着身子，背着木篓，头顶遮着一片帘，眼神坚定，正视前方。这漫漫无际的黄色天地，几百年前更是一个荒寂世界，而一个有着坚定信仰的人却义无反顾地踏上这趟几乎可以说是九死一生的旅程……尽管结果如愿，但现今以己度人，还是对玄奘大师产生顶礼膜拜之情。

215国道。十点钟到了阿克塞维吾尔族自治县。这个县地理位置是甘肃、青海、新疆三省区交界处，处于柴达木盆地荒漠与河西走廊荒漠包围之中，地形呈狭长状，以当金山口为界，西部有阿尔金山脉横贯，东部有祁连山地的党河南山、赛什腾山、吐尔根达坂山等山脉，呈西北—东南的走向分布，昔日属于人迹罕至、飞鸟不驻之地。

估计这里是人间最荒凉的地方。什么人会留恋这片土地?

去往阳关的一条简易路深入戈壁,看不见尽头。我没去。阳关阳关,我不出阳关!

当金山口以西是阿尔金山,以东是祁连山。越过海拔3800米的当金山口,就算进入青海了,视线豁然开阔,一条望不到头的路笔直指向盆地中央,路两边的电线杆和光缆沟使公路在视觉上拓宽了20倍。

当金山位于祁连山与阿尔金山的结合部位,山脉呈东西向,展布于肃北之南,层峦叠嶂,山势陡峻,植被稀疏,沟谷纵横,山体切割剧烈。山体南北两侧宽度一般都不宽,沟谷大多呈"V"字形,沟谷两侧自然山坡坡度也不大。当金山的北坡陡峻,南坡相对平缓,地表风化严重,岩体破碎,满目疮痍。文献上说由于受东西向断层的影响,山间东西向有断陷盆地发育,且地形开阔,盆地断面呈现为"U"字形宽谷,谷底高程一般在2800—3600米。地面高程一般在2800—3700米之间,相对高差500—1000米,当金山垭口即便在炎热的夏天常积雪覆盖,是一道独特的自然景观。

我们行走的这天,继续烈日炎炎,随着中午的临近,气温也越来越高了。想在阿克塞吃午饭,但需要进县城,沿路有几家饭馆,看上去均不满意。进县城吧又怕耽搁时间。犹犹豫豫间已经将县城抛在身后了。蓝色指示牌上:前方当金山。一望无际的乱石滩中,看见一枚巨大的白色鸟蛋一样的石头。看见当金山了。路上的车越来越多,一长溜儿的长长的货车中间夹着小汽车,慢慢地向前挪动,这段山路弯曲,看不见前面的收费站。好不容易熬到我们,交了费,但车速依然快不起来,弯道太多,车辆太多,沿途两侧山体上,植被繁盛,看见了很多从来没见过的花草。这里没有人家,没有畜群,大束的紫色花朵爬满了崖壁,尽情舒展,无人采摘。

翻过当金山垭口,进入青海境内,看见了平坦低洼处一小块湖水中闪烁着散碎银光,周边有草甸。草间一片只有冬日里才会有的最纯粹的金黄,不知道是什么草。但草原的痕迹渐渐显现出来了。这里每隔一段路就有保护野生动物的牌子。不毛之地,却是动物们难得的心安之地。在这个离天很近的地方,有人类不能接受的荒凉……

走了一段极其糟糕的沙砾路,有二十公里。215国道这段正在维修。路旁一面是建设乡,一面是团结乡,前面接着走,是大柴旦。记得有差不多十年了,一位延安的老前辈跟我说过，此生你一定要去一次大柴旦，你要去看看那片草原，那个有魂的地方。今天我终于来了。

旷远原野上，有时候会很突然产生一股奇异的、横行的劲风，力量足以让一辆小车剧烈地摇晃起来。所以为了安全，路上也会有"注意横风区"的警告标识。

柳格高速公路，汽车在快速行驶，维护栏一闪而过。距离现代城市和熟悉的生活越来越近了，可是我不知为什么产生一种错落感，迷茫，失落，孤独。

这些电杆，像一个个高原上的牛头，也像头戴蒙古族头饰的蒙古族姑娘。

青山垭口，海拔3699米。

柴达木盆地为高原型盆地，地处青海省西北部，主要在海西蒙古族藏族自治州辖下，是一个被昆仑山、阿尔金山、祁连山等山脉环抱的封闭盆地，一个呈三角形的盆地，东西长约800公里，南北宽约300公里，是中国三大内陆盆地之一。

柴达木盆地是地势最高的盆地。这里是盐的世界，而且还有丰富的石油、煤，以及多种金属矿藏，如冷湖的石油、鱼卡的煤、锡铁山的铅锌矿等都很有名。所以柴达木盆地素有"聚宝盆"的美称。

到了这里，高速公路上的车辆又变得极少了，大部分车都是去往格尔木方向的。这条高质量的公路上半天才会有一辆车。东面的祁连山就在近前，又回到祁连山东麓了。在鱼卡服务区休整，吃方便面，喝热水，抽烟，活动筋骨。横穿马路到对面的大滩里，朝着祁连山走了将近一公里，照了照片。在一个小土包上坐了一会儿。神秘的祁连山！这环绕祁连山的一圈走下来，真正见识了它的缤纷、变化。东西南北，无论哪一方域，它都沉稳地养育着依靠它的民族。祁连山，它像秋天，但它发出的气息永远是春天。它唱的歌是荒野最美的主题歌。它融化自身，滋养万物！我们的心不是石头，活在祁连山身上的野物、牲畜不是石头，感恩祁连山、保护祁连山是所有生活于此的生灵循环的内在的力量，而且永不消竭。

四点钟的太阳炙烫了大地，周野无比寂静，揉入心里的安宁孕育着祥和，仿佛此刻静止的时间，就是生命中最好的一部分。

金色世界

"德令哈"在蒙古语中是"金色的世界"之意。

　　德令哈市位于青海省西北部，地貌单元分别属祁连山地和柴达木盆地。柴达木盆地在大地构造上属秦岭昆仑祁连地槽褶皱系的一部分，为中新代凹陷盆地。德令哈完全属于高原大陆性气候区，高寒缺氧，空气干燥，少雨多风，年内基本四季不分。祁连山的雪水，巴音河、白水河、巴勒更河滋养着这片干旱的土地。这一带还有四个面积较大的湖泊，即哈拉湖、柯鲁可湖、托素湖、尕海湖，路上就能看见其中三个。

　　13 世纪的时候，蒙古崛起，灭金亡宋，建立了蒙元帝国。德令哈亦被置于元朝统治之下，为宣政院所属"吐蕃等处宣慰司"辖区。

　　进入市区是下午六点多，整整走了十个小时。按照导航去了早就在网上订好的酒店，洗脸，换了身衣服，出去吃饭。吃完饭，沿着巴音河散步。此时红霞如丝，天空洁净无瑕。巴音河水泛着碧绿的鳞波，德令哈身后的祁连山通体粉红秀丽，令人眩晕。这美景着实难得一见，心情激荡快活，一天的疲惫也缓缓舒解了。

　　德令哈，这片金色世界，托勒南山为德令哈挡住了严寒。这里的游牧人在夏季时转场，要么进入祁连山，要么进入昆仑山，辗转行进，可比海北地区的游牧人辛苦多了。因为一个乌兰县诺木洪的牧人听了我在海北牧场的生活，既羡慕又气愤地说："你那个叫什么放牧？你根本就不是放牧，你们太舒服了……"我们确实太舒服了。草场好，转场近，又有网围栏把草场都围了起来，基本每天放出牛羊就不怎么管了，一直到晚上它们自己回来。家里有自来水，用长长的水管接到外面水槽里让它们喝，喝完自己进圈，一天的生活结束。可海西州这边不一样，这位乌兰的牧人告诉我，他家有六百只绵羊和三百只山羊，以及几十头奶牛，为了照顾好这些牲畜，他们两口子每天天不亮就要起来，自己吃一顿饱饱的早饭，然后一个人赶着牛群，一个人赶着羊群，去离毡包十多里远的草原深处放牧，一直到晚上才回来。而且一个地方也待不了多长时间，因为羊群大，一片草场吃一个月顶多两个月就没有了，他们又要转往下一个或是自己的或是租来的草场。这还只是春天和冬天。每年的夏秋，他们转往夏牧场，在祁连山腹地，不知道有多少公里，但每一次转场，路上要走十二天左右。简直是一场恐怖的大迁徙。在祁连山腹地，因为水草丰美，他们要放牧到十月中旬甚至更久一些。他们在每年的第一场雪来临之际开始转场出山，每年在自己的定居点的房子里只有一两个月的居住时间，就是每年春节前后的那一段时间。

他告诉我说："我们这里你也看见了呀，草单薄得很，没有草，再要是一个地方羊吃草的时间长了明年就不长草了，所以我们这里的人都一样，这个地方住一会儿，看着草快没了就赶紧搬到下一个地方去……"

苍茫大地，牧人家园！

第八天，环祁连山之旅到了最后一天。德令哈到海晏县，只有半天路程，要回家了。妻子建议，最后一天，沿途去一些景区看看，比如哈里哈图国家森林公园。她早就想去，但以前的两次海西州之行都因为时间仓促没能去成，这次倒是有点时间。

清晨八点离开县城，本来可以走得更早，但昨天在巴音河边散步，走着走着就到了"海子诗歌陈列馆"，馆周围有石碑林，刻有海子代表诗作，在柔和的灯光下读了海子的诗，再进入诗歌陈列馆了解海子平生，了解他与德令哈、他与他的姐姐，一代才子的悲剧令人惋惜。

后来我们去了步行街，喝啤酒，吃烤串。等回到酒店已是午夜，两人都累坏了，所以顺理成章地放弃了早起。

从德令哈市区出来走不多久，就看见依山而建的一座小寺院——阿里腾寺。寺院里面幽静安宁，一个人也没有。在经堂里浏览了一会儿佛像，磕了头，然后出来，坐在台阶上拿出手机，搜索关于这座寺院的资料。

阿里腾寺始建于清宣统二年（1910年），由塔尔寺赛多活佛创建，法名"丹巴培吉林"，意为"佛法兴旺洲"。寺内藏有珍贵的文物、琳琅的法器、千姿百态的佛像和浩瀚的文献藏书，是一座佛教艺术宝库。经历了重重劫难后，现迁于德令哈市河东幸福路北侧，坐西朝东，依山傍水，风景优美，地处幽静，是德令哈市的人文景观之一，也是各族信教群众拜佛烧香进行各项宗教活动的圣地。

半个小时后我们再次出发。去过两三次的茶卡盐湖就不用去了，那里人多得吓人，什么意思也没有。但金子海可以去看看。"金子海"蒙古语意为"金子泉"（阿东木拉古湖），传说与成吉思汗有关。大汗领兵经过此地，向北朝牦牛山走了100步后，又走了9步坐下来饮酒，饮酒后金盏化为金子海。另一传说是牦牛山上下来一对金羊，到湖边饮水，尝水甘甜，再不愿回山而入湖，故成了金子海。金子海既不是海，也不是一潭死湖，是一眼泉水，在乌兰县希里沟镇西南 80 公里的地方。我们跟着一辆车一路到了岸边，水草深深，一片金黄，水面上流动的波光线条赏心悦目，吹来的风带着水的特有气息，一种浸泡过药草的味道。这自然景观再多人的痕迹也依然野性十足。

乌兰县地广人稀，四周环山，中间平坦，北方正是祁连山支脉，海拔 3692—4701 米，南面靠着大昆仑，海拔 3132—5031 米，由东向西有茶卡契墨格山、柯柯赛山、布依坦山、茶卡南山、哈里哈图山、希里沟南山、牦牛山等，地势西北高、东南低，形成波浪形狭长倾斜走向，平均海拔都在 4000 米左右。南北大山的褶皱将县境切割成茶卡盆地、希赛盆地和卜浪沟盆地三个闭流性山间盆地。

都兰寺修建在托勒南山的山脚下，东面是一座险峻绮丽的山峰。一条河从东南方的山谷中流淌而来，这条沟，叫九条沟。从这里到前面的察汗诺，有十五公里。

都兰寺属清朝遗迹，1988 年被确定为县级文物保护单位，为藏传佛教格鲁派寺院。有僧侣 46 人，房屋 87 间，先后有 8 名活佛在此转世。现有的九十处禅座前均有大量的柏树遮蔽。特别引人注目的是八进津呼图克图禅座，禅座前有一株圆柏树，树冠极像心脏，微风吹拂似心脏在"卜卜"

跳动，全树青翠欲滴，生机盎然，是信徒朝拜的圣物。

我们一路上忙着赶路，忙着参观，没有时间吃饭。我们带着简易的食物:饼干、饮料、热水、咖啡、面包、巧克力、卤蛋、卤肉，足够吃一顿饱饱的午餐了。大概到中午两点，我们将在最后一个景区吃午饭。

哈里哈图森林公园的位置在公路北侧，一个指示牌上写着哈里哈图森林公园，一条岔路进入山谷，有十公里。

哈里哈图森林公园按地理划分是属于柴达木盆地荒漠区，是西北干旱地区海拔最高的森林公园，园内森林是海西州保存最完好的天然林之一。哈里哈图山总面积5170.5公顷，是柴达木盆地中分布最集中、面积较大的原始森林之一，林龄在300—500年，森林覆盖率达 37.8%，林草覆盖率达 95%。以乌兰县哈里哈图林场为基础，这里植被繁多，有禾本科杂草、圆柏、云杉、怪柳、白刺、针茅侧柏等，还有多种灌木、药用植物、牧草等。野生动物也在林区内广泛分布，有猞猁、沙狐、白唇鹿等动物。

我们在一块草地上铺上毯子，拿出食物，在景色如画的环境中心情愉快地享受美食。眼睛浏览着天地自然之美，仿佛自己在触摸着万物。阳光倾倒在大地上，仿佛倾倒在眼睛和心灵中，温暖和幸福从天空中降下来，轻柔地渗入心灵。大地在歌唱，树木在歌唱，溪流在歌唱，整个世界，焕然一新！

享受大自然之温情抚慰，身心疲惫一扫而空，又有了刚开始这趟千里之旅时的那种欢天喜地的高昂兴致。因此，当我们吃饱喝足，小憩片刻后，叠回毯子，收拾垃圾，不留污染地和这片风景告别、踏上归程时，我们心情愉快，这一趟心灵洗礼之旅受益匪浅。

归程路上，看见一座好山，高而阔展，从山脚一直到山顶，长满了青松，有青草、有青松的山峦是山群里最俊俏的。而这种山峰在祁连山中比比皆是。一进入祁连山区，雨水当头而来，山顶无一例外地云雾缭绕。

路边的一户牧民人家，正在给羊群打针，大概就是羊四联或者羊痘，要不然就是小反刍或口蹄疫苗。他们用的打针钢管栏是国家项目上的，盖新式羊棚附带有这种专门用来给牛羊打针的栏杆，在羊棚旁边安装，赶进去几十只羊，把门一关，人站在栏杆外面就可以打针了，极为方便。再不用像以前一样一只只地抓。

这一切，这些熟悉的山水、熟悉的牧人、熟悉的劳动生活，仿佛我过去时时刻刻都处在其中，但又在改变着，又变得不熟悉，让我感到新奇，感到惊讶。我所经历的、想象的和我所看见的都蕴含着更深层次的意义，只是我从前不在乎，不理解。现在，我依然有着疑问和迷惘，种种文明之源、种种古老的传统、种种传唱不息的歌谣、种种令人悲观的现象冲击我心灵的堤坝，使我不得不叹息：我尽管是渺小的人类，但也有轰轰烈烈的力量。

我们的奥运

那是 2008 年的七月上旬，如这之前的很多年和往后的很多年一样，青海湖以北广袤的德州草原已然绿得发翠。大湖和天空总结了几种蓝色，在草原上方起起落落，宛如一场绵密的雨。已经转移牧场并在夏季山区营地待了快二十天了，山区里气温低下，我每天都穿着棉服，套着蠢靴，背着雨衣，夹着山地行走经验丰富的老马去放牧。与我同行的几个伙伴被夏天多变的天气折磨得脾气诡异，动不动发出一串狗屁不通的牢骚，对很多事情表示怀疑或感到愤懑，对什么事都意兴索然却还在坚持。我们在两乡交界的山梁上和约定的牌友汇合，打牌，直到日头过到脑袋另一侧，摇一摇被算计得又胀又疼的脑袋，这一项活动结束，约好明天继续。我们下到山谷的溪水中，在石头围成的水池里洗澡、游泳，而后爬到草地上晒日光浴，乘着天光最热的时候光溜溜地睡觉。醒来后谁也不说一句话，呆滞地望着远处……

这是往前很多年和往后很多年的夏天中的一个，单调而无聊。但这个夏天却很快不一样了，因为北京奥运会越来越近了。我们聊天的时候，开始频繁提及这个话题。有记性好的，扯一些前几届奥运会的事，无论知道多少，无论是否准确，都说上几句。

为什么这个夏天大家都突然懂这么多，知道的事这么多呢？是因为前一年入冬的时候，我们的定居点通电了。在第一时间，大家先把电视机搬进了家，那一阵子家家户户找电工给家里接电线，应运而生了一批电工，大胆的实验毁坏的电视机好像都没让他们赔。还有牧人骂这电来路不正，是假的。

在从冬季牧场的定居点转场前往夏季高山牧场的前几个月，我和所有人一样，看了有史以来最集中、最密集的电视。每天一睁开眼就摸遥控器，打开电视接着睡。电视机替代了收音机，催眠效果更好。白天，只要一有时间就打开电视机，轮番地按着遥控，每一个频道看十几分钟，童叟无欺。后来转场的时间到了，我第一次痛苦地发现，冬牧场原来才是最可爱的地方……

到了夏季营地，一阵子剧烈的想念过后，慢慢正常下来。可奥运会临近了，我心里面一天天焦急起来。终于有一天（那是开幕式前一天），我实在忍不了，跟弟弟说了计划。听完后，弟弟说："你疯了吗？这么远去看奥运会？你知道这有多费劲吗？"我说是啊，很费劲，但我不在乎这种费劲。我说不上来我为什么非要看奥运会，但如果我不看，我会觉得这个夏天，甚至这一年都索然无味。我原本想让弟弟好好放牧照顾家里，但他说："混账，你觉得你很白吗？再说那不是你的奥运，那是我们的奥运！"

我们商量了一下，第二天就将牛羊做了安排——应该说是一种交换——请我的几个邻居朋友轮番照顾我的畜群，等奥运结束后，我兄弟俩再照顾他们的畜群。我说我会把这个"债"还回去。但我们并没有说要去看奥运会，我怕他们知道了也要去，那样就谁也去不成了。我说，县城有些事，急需我们兄弟去解决。

"什么事需要你们去解决？"

"说了你也不懂，你知道文学吗？"

我答应他们每天晚上拴牛前会回来，第二天牛羊出圈了再离开。

我既打了感情牌，又使了小计谋，谈妥了这件事。第一天，就在要管我畜群的邻居老兄的唠叨中，我和弟弟骑着摩托车离开营地，出了山谷，出了山口，来到了茶默公路。我们以期待约会的一种激动心情，满心欢喜地奔向冬牧场。在路上我们设定了未来几天的生活，我们谈到怎样才最能省钱又可以享受到美食和零食，我们一致认为在观看这么美的节目的时候，如果没有一点佐食实在太遗憾。但兜里的钞票着实不多，还要预留出给摩托车加汽油的钱，所剩无几必须精打细算，买的东西必须要最划算……

我们丝毫不在意每天要早出晚归，要长途奔波劳顿，这点辛苦早早地被打散在即将要观看比赛的激情中。

快要到冬牧场的那个十字路口，我们被交警拦截了。

据说一场自行车赛正在进行当中，车队正从刚察县一路顺势而下，浩浩荡荡要经过这里。这里已经被拦了很多牛羊、货车、小车，还有更多像我们这样骑着摩托车从山区里出来或要进去的牧人。那天天气比较阴沉，我一路骑行了两个多小时，浑身已经被冻僵了，抹掉了围巾，搓揉着脸和手，搓揉着膝盖，活动着脚踝。我在那里蹦跳着暖身，旁边是穿着鲜艳衣服进行环青海湖骑行的外地游客在说话，三男两女，这一次旅行他们好像很开心，话语里带着充分的回忆，重点说到了刚刚结束十来天的环青海湖国际公路自行车赛、青海湖的景色和横渡青海湖的张健。张健这件事已经过去好几年，当时我们都去看了，在人山人海中什么也没看见。人群乌泱泱朝前扑过去，乌泱泱散开，等了几个小时，英雄的人影都没看见，结束了。我在想这样的事（包括环青海湖国际公路自行车赛）对本地是怎么发酵并产生影响的，又在多大意义上是有效的……弟弟说如果那时候有电视可以看就好了。我心不在焉地应着，盼着车队赶紧过去，本来我们刚好可以赶上奥运会开幕式，但这一堵，一个小时眼睁睁过去了。我望眼欲穿地看着冬牧场的方向，有点狠狠地想这些人都不看奥运会，简直脑子进水了。

我想了一个办法，就是横穿几片草场，绕过这段公路到有大桥洞那里，从桥洞过去。但这需要拆开铁丝网，一路上至少有几十道铁丝网要拆，一旦被人发现，我们怎么解释呢？难道说是为了看奥运会开幕式才这么干的？

"你还是别没事找事了。"弟弟想了想，又补充说："有时候你的一言一行，都让我有判若两人的感觉。"

"他这是骂我幼稚。"我撇撇嘴，也明白这种事不能干，可焦急的心理促使我去想各种歪主意，我总觉得各种歪主意里面一定有一个隐藏着的好主意，只是我们不能发现。

等待的时候还有一件有趣的事：旁边骑行旅客中，有位男士从腰间的小包里取出一部手机。那是一部宽大的、全黑的、一看就特别高级的手机。当时我们这个地区用的都是光板的诺基亚，或者是上翻盖的摩托罗拉，总之都是结实抗造信号好的手机。我第一次看见有人拿这么高级的手机，产生了一股强烈的羡慕，渴望这部手机也能在我手里。我甚至想如果他突然掉了这部手机，而恰好又被我捡到了，那我绝对不会还给他，我会据为己有。这不是品德不品德的问题了，我觉得当我强烈渴望某一事物、物品的时候，拾金不昧已经对我毫无约束力。我这样可笑地想着，偷瞄手机，羡慕地看着，同时也暗生出一股沮丧的酸溜溜的情绪。对比我的生活，似乎，我在对已有的生活满足的同时也在丢失一种更直接而明确的物质追求，我放弃了一种去策划更好生活的机会，似乎只在满足于传承的生活中一些微不足道的改进，却从来没有想过人生多姿多彩，有那么多种生活的方式,不一定非要一辈子放牧。我不是说我的生活不好，也没有觉得我的精神低人一等，我是突然觉得我应该认识到生活的丰富和无数可能性并没有对我关闭大门，没有将我拒之门外，而我一直都没有进去的想法，没有去探索的理想。所以这是我的问题，甚至可以从某种程度上说是所有牧人的问题。这个问题在那一刻带着抵抗又迎合的态度困扰了我好一会儿，以至于我都忘了我在等待什么。突然，我被一阵阵欢呼声惊醒，第一波前锋车队已经从我面前呼啸而过了，几分钟后，一个二三十辆车的车队到来，众人的欢呼声压盖了自行车数量和速度产生的呼啸，这队自行车闪电般从眼前划过——好像一件巨大的花衬衫——而我们的呼啸声还在持续着，因为后续的车队正在持续不断地到来，"嗖嗖"地划过。环青海湖国际公路自行车赛已经举办好几届，一年比一年让我们熟悉，而骑自行车环湖的热潮也因为这个比赛而年年高涨，带动的不仅是经济，还有人心，我想这是一种最有趣的意义吧。

自行车之后，摩托车队来了，全都是些看起来让人惊叹的摩托车。我能够感受到和我在一起的这些牧民们，最期待的其实也是最后的摩托车队。果不其然，当出现摩托车的时候，欢呼声仿佛雷鸣般炸开了。他们像赞叹一匹好马一样赞叹这些摩托车，贪婪地看着这些车一辆辆地过去，摇头晃脑，满脸羡慕和满足的神情，好像观看了一场精彩的赛马。

我们终于被放行，等到了冬牧场已经是中午了。打开房门，打开窗户让屋里面通通风。我甚至来不及从摩托车上卸下褡裢，先跑去打开了电视机。不用调换频道，出现的画面就是奥运会开幕式。

弟弟一边给炉子生火一边盯着电视，我一边打扫房间的尘埃一边盯着电视……时间相隔久远，更多的细节我都记不清楚了，我忘记了第一天的比赛都有哪些，也忘记了中午吃了什么，总之每一场直播的比赛我们都看了。

当我坐在沙发上喝着茶，看着电视的时候，我满足于终于能够看到奥运会；我满足于我再也不用像从前那样看

一个巴掌大小的黑白电视机，却看不踏实，担心太阳能电
池亏电负担不起这个小家伙的能耗；我满足于可以随时调
换频道去看其他的节目，并且不用担心这个节目没有了之
后看不到其他的节目；我满足于终于可以在有电的地方做
可以用电的事情；我满足于我终于在某种程度上和城市达
成了一致，形成了共鸣，处在了同频段的频道上，而这个
频道的重要性是因为我们在共同地接收重大的信息和事件，
我们开始共同经历某些事情，而不是滞后了……

　　一个下午很快过去，无论多么不舍，遵照对朋友的承诺，
我们兄弟不得不狠心关了电视机，锁好门，在昏暗的蚊虫
低飞的夜色中返回夏季牧场。不过在回去之前，我已经在
一张纸上记录了未来几天一些我最想看的比赛直播的时间
段。这张纸随身揣在兜里。

　　第二天早晨，我去朋友家为昨晚迟到道歉，我们并未
能天黑拴牛前回来，顺便对新一天的事做点交代。但是，
我看着他老老实实的样子，没忍住——更可能是不忍心欺
骗——说了奥运会比赛的事。很快所有人都知道了，他们
个个大怒，骂我们兄弟俩不为人子。欺骗引来了激烈的讨伐，
他们做出了惩罚：让我们兄弟去照看牛羊群，他们要去看

奥运会。

这当然不行。在我诚恳地认错和建议下，我们形成了新一套办法，那就是轮换着去。每天留下两个人放牧，其他人只要愿意都去看奥运会。这个办法既有些喜庆又显得那么认真，也让大家满意。所以这天我和弟弟只能留下来，而其他人拖家带口欢天喜地地出发了。我们兄弟俩相互埋怨，他说我心软眼窝浅，不成大事。我说他冷酷自私，不近人情。那张"节目单"我们翻看了无数次，聊胜于无地幻想比赛的精彩。

每次晚上回来，我们聚在一起，聊这一天的比赛状况，各国的金牌数量，中国队的表现，等等，七嘴八舌的信息极为混乱，有人说美国金牌数量五百枚，有人说中国差十几枚也是五百枚……

后来那些天，一直到结束，我们都是这样轮换去看奥运，共同参与了这一盛事。当时间渐渐行驶过往昔的年月，我们再次因为某个话题而回忆起这一段往事时，我们会立刻笑出来。我们既笑当时幼稚、欢乐的行动，又对行动表现出肯定和赞赏，因为如果在任何时候都显得无动于衷，那么又有什么是有意思的呢？

我们这些羊贩子

雁南飞、秋草黄的时候，也是羊贩子最活跃的季节。

因为一个贩羊的朋友求助，我随他走访于草原上的牧民家里，寻找要出售且价格合理的藏细毛羊。一去差不多十天。所见所闻大部分我是熟悉的，其中对羊贩子的印象是最重要的。这篇文章，就说羊贩子的事。

这两年没少和羊贩子打交道，最后吃亏的总是我，得利的永远是他们。我吃了亏后，找问题的原因，发现在打

交道时，往往会有这样一幕：他侃侃而谈，看似直率实则
狡诈，他在每一句话里设置陷阱、伏笔，用于影响我的意识，
更用于在后面某个时刻能用另外一句话或者行动或者表情
串联起来，前前后后、零零碎碎，积少成多，等我开口时，
事情其实早已落实了。比方说他在一开始说这些羊身板小
了些，前天从祁连拉的那车羊，长得逮，肉斤压得好，这
边的羊根本没法比；他在羊群里转一圈说："说个价格，怎
么卖，对了就拉，也别浪费时间了……"最后他说："那不行，
我刚才没抓，你看这脊背，简直刀刃子……"三段话中间
的大量空白，其实是我自己傻傻地填补上去的，我根据他
的话音，发挥文学的想象，具有逻辑性地填补了这些毫无
道理的空白，然后再发挥小说家的想象力，捕捉某个地方
的羊群和草原的画面……简直荒唐透顶！

　　所以，我挨宰就是活该！所以，我不能去责怪他们。谁
叫我自己立场不坚定呢？跟着人家跳入陷阱，那就得认了。

　　这些买卖人——准确地说是羊贩子——都是本地人，
熟知牧民心理和一切规则。因此年景好的时候，他们无往
不利，干得热火朝天。他们要买谁的羊，没有一手交钱一
手交货这一说，而是先把羊装走，赚了钱再把钱给你。要

是赚得稳而快，一星期或十天就给你了，要是倒霉了就会拖一段时间，你不好意思去催促。你一催，仿佛就是你的不是。他会用很伤心的语气说你没有信任他，多少年的朋友兄弟了你还不信任他，而后他反问你："我什么时候欠钱不还了？"你一想，果然没有这种事，于是你就觉得不好意思了，解释说突然要急用……但人家的理由比你的更充分，而且你还能够感受到萦绕不去的悲伤，这下你几乎就要说声对不起了……

事实证明有些人天生就是搞生意的，他们所掌握的那种谈话的技巧和说话的层次，以及引导方向的直觉和对主动权的把握，你是永远也学不会的。愧为一名写作者，我居然是从他们那里强烈地感受到了说话的技巧与魔力，我都为此痴迷了。但转念一想，心情便沮丧了，我是学不来的。那种说话时对谈话之人的分析、猜测……这些我是模仿不来的。假如还有一种事情是我能够做得来的，想必就是写一写字，读一读书了。

这里说的羊贩子，全名叫那音·布赫·巴特日。我们都叫他哈日布赫（黑公牛）。他还有一个弟弟，我们叫他哈日塔勒（黑秃头）。那次我是跟着哈日布赫去的。我们去了海南州，然后去了海西州，这一圈下来，我浑身都有一股羊屎的气味，浓烈得挥之不去。因为天天看羊，在羊圈里转悠来晃悠去，脚下的轻便旅行鞋被羊粪羊尿层层涂抹，手上更是一种由汗水和羊粪、羊毛混合的怪味，几乎无法清除。前两三天我俩的身上还算清爽，再往后就不成了，尤其有一天下了雨，又在一个积水的羊圈里待了半天，羊群里冲进冲出地几十次，等一百只羊抓完，我俩被粪浆溅了一身一脸，连头发里都是。太惨了！赶着羊回程途中我向哈日布赫发脾气，长这么大这么惨不忍睹的情况少有发生，尤其是近几年，我成天与书籍打交道，哪里会遭遇这种窝心事？我骂他不安好心，要是有好事他肯定不会想到我，反而是这种事，也就是我傻乎乎跟来了，别人才不上当。他忙解释说不，是因为别人都在忙着这种事，他们也是天天臭成这个样子，实在没办法，才求我帮忙，回去请我吃好的……

不知道是早饭还是午间去的那个脏饭馆的炮仗面的问题，我已经连续几次停车蹲坑腹泻了。之前在粪浆中千辛万苦抓出来的羊，在不到一天的时间里转手卖给了湟中的一个搞育肥的回族，只不过这一转手就赚了五千块。哈日布赫很是高兴，怕我不再肯跟着他，就提议这次两人合作，多转几天，收到羊再赚一点卖出去，得利后平分。我说好，干劲也充足不少，只是突然闹肚子横插一脚，未免有些担忧忐忑。而且身体已经有点吃不消的样子。到了晚上十一点才到达天峻县城，在阴森森、空荡荡的街道里行驶着，找到一家宾馆住下，喝了几杯热水，吃过的药也才发挥点儿作用，感觉好受许多。一觉醒来，意外的事情发生了，哈日布赫双眼布满血丝，萎靡不振地坐在床边，满屋子充斥着刺鼻的烈酒气味。我被哈日布赫的表情吓住，小心翼翼地说怎么回事。他给了一个苦涩的笑容说和弟弟吵架了。看样子挺严重啊，不然他也不至于糟糕成这个样子。具体的情况我不便问，只是干巴巴地劝导了几句，也似乎有点作用，他振作起来，洗脸喝水，一起出去吃了早饭，合计接下来去哪个乡。最后他给一个朋友打了个电话，决定去木里乡。这个乡离着天峻县一百六十公里，路不好，得走好几个小时，但那里的羊也因此更合理地比别的交通便利之地便宜一些。我们既然存了要赚差价的心思，那么多跑路多受罪可不是理所当然吗？

本以为一百多公里路顶多走三个小时，但最终的结果是六个小时，究其原因要怪哈日布赫，半途中他听信谣言，抄近路拐上一条通往山沟深处的砂石路，这条路很不好走，到处都坑坑洼洼。哈佛 H6 也只能缓慢行驶。但哈日布赫说，他的朋友告诉他，沿着这条路翻过一座垭豁，就极为接近了。保守估计可以减去一半的路程。因为我们已经快走了一半，那么一半的路程就是差不多五十公里，也算是不少了。于是我们就进山去了。这下可好，一直走到眼前没有了路，所谓的垭豁依然神秘不见身影。展现在眼前的是一人高的蒿草、一道又一道的铁丝网、密密麻麻的岩石和呈铁青色的大山，除此之外还有乌泱乌泱的鞭麻丛。这里明显是秋牧场或夏牧场，哪里是什么捷径。我们弄错了，或者我们被骗了。但哈日布赫还不承认，犟嘴说可能有别的原因……或者是下一条山沟。

一进一出，白白浪费了几个小时，等重新回到公路，已经是下午了。离目的地还有好长一段路程呢。哈日布赫说腰疼，让我开一会。他狡猾地睡觉了。

傍晚，我们才堪堪抵达乡上，但还不成，羊不在乡上，羊在离着乡政府二十公里的一个村里，而这二十公里，我们之前仿佛忘记了一般，根本没有算在行程内。我俩瞪着对方站在旷无人烟的乡政府大门前，没力气说话，狠狠地吸了两根烟，再次朝目的地前进。我们都快被颠得散架了，我更狼狈，浑身疼痛，无比难受，有心想对哈日布赫说你去看羊，我在乡政府休息着，但一来不好意思开口，二来我发现这里连家饭馆都没有，更别提住宿的宾馆了。

意料不到的是当我们的汽车驶上一条白花花的土路后，竟然享受到了高速公路的待遇，这条土路平展得出奇，路面上连一颗鸡蛋大的石子都没有，虽然有几个弯，但更让哈日布赫兴奋了。他仿佛将车速提到了一百二十迈，在弯道中自己先歪着身子，做出一副在飙车的样子。可把我给吓得够呛，话都没说几句。一路上尽是他在说，也许是好的路给了他力量，竟然一路滔滔不绝，很是说了一些我不曾听说过的奇闻逸事。一恍惚，到了。我有一种意犹未尽之感。哈日布赫也是如此，他说到兴头上就被憋了回去，别提有多难受了。

这是一个只有三户人家的小山坳。三户牧民的平房和羊舍散落在从山坳深处流淌出来的小河两边，河上有一座新建的水泥板桥。河里的水流很小。我们懒得去绕桥，就把车停在河边。撒了一泡尿，拣踩着石头跳过河去，那边有孤零零的一户牧民。只有这家的房子是几十年前的老土房子，而另一边的两家连羊棚、羊圈、牛圈带房子都是新的，我们远远看见一条藏狗不知从什么地方冒出来，扯着大嗓门叫个没完，一直把房里人叫出来才罢休。那是一个中年男子，一条腿严重短缺，仿佛中间有一节被截了似的。他的脸色呈现一种不正常的白色，一看就知道是长久生病的人。

哈日布赫热情地打着招呼，忙着掏出烟递给这个中年男子。三个人就在渐渐暗下来的羊舍前抽起烟来。一根烟吸到半拉，我们进入羊圈，趁着残余的亮光审视卧满一个羊圈的黄脖子羊。哈日布赫在羊群里来回地走动，而我则忧愁晚上在哪里歇息，又在哪里吃饭。

这位叫乌冉的男子拿来手电筒给了哈日布赫。但哈日布赫怕在这种情况下会看走眼，就说等明天早上再看。乌冉同意了。他堵好羊圈门，丝毫没有要请我们进屋的意思，我们稍微站立一会儿，只好告辞。从桥上返回，路过另两户人家，哈日布赫提议去撞撞运气。"说不定就有戏，"他说。

其中靠近河边的那户人家只有大房子旁边的一间小平房里亮着灯，我刚要敲门，突然听到里面两个人说话的声音，不用多去思考，只要一听那些内容，就知道两口子在吵架。这时候再进去无疑就要触霉头了。哈日布赫遗憾地摇摇头，率先走向仅剩的那一家。这人家倒是灯光明亮，大门也敞开着，哈日布赫只轻轻地敲了两下，马上就出来两个人，两个年轻的女性，其中一个明显是一个中学生，另一个一看就是学生的姐姐，她们长得有六七分像。

　　哈日布赫说明来意，但不等他把意思说个明白，那个姐姐已经挥挥手，果断地打断了他的话，说想要住在她们家那是根本不可能的，但她可以给我们一点吃的，也可以给我们一暖瓶热水。这就已经很好了，我喜出望外，真诚地道谢。在等待的时候哈日布赫埋怨我多嘴，他觉得再央求一会儿说不定就可以住下。我说不可能，她们两个年轻女子，怎么可能让我们两个陌生男人住进家里，我从来没见过那么大胆的女子。他说即便不能住里面，也可以在外面的那个旧平房里凑合一晚。我认为那还不如直接睡在车里呢。他还要说话，那个小女孩已经出来了，提着暖瓶，另一只手也提一塑料袋东西。我们不及细看她就把东西塞到我的手里，说暖瓶可以明天还回来。我们说明天一定是要回来的。小姑娘很有风度地一笑，露出一颗小虎牙。哈日布赫就说她真是像极了自己的一个妹妹。小姑娘说："你的妹妹也是一个蒙古族，也在戈壁滩上吗？"哈日布赫说那倒不是，她在城里，而且从来没到过戈壁滩。小姑娘很有聊天的兴致，但她的姐姐已经催了一次了，她很不好意思地朝我们道别，把大门关上了。我们在漆黑一片的荒原上行驶了一段距离，也不知道到了哪里？我们不敢就那么睡在荒野里，那可能会出现什么意外，我们也不敢就在她们家那里留下，那更可能引起误会。那么我们到底要去哪里？肚子实在饿得受不了，把车停下来。塑料袋里是几张酥黄的油饼、两三个馒头，居然还有几块熟肉。暖瓶里是烫呼呼的奶茶，这就足够了。我和哈日布赫对那两姐妹充满感激，决定吃完饭就驱车返回乡政府，等明天早上那个唯一的小商店开门了，买一些零食回去答谢，反正是要去还暖瓶的。夜里的戈壁滩空气冰冷，我们先是坐着吃，但很快就冻得坐不住了，于是站起来，一边走动一边喝奶茶，所有的东西都吃得干干净净，一壶奶茶更是一滴都没剩下，意犹未尽地喝完最后一口，已经是十点多了。刚才的困意、疲倦都随着肚子的鼓胀而销声匿迹了，我们精神头十足，觉得再开车走个二百公里都不在话下。又是一路说说笑笑返回乡政府，在阴森森的破旧的街道上找了一个东西两个方向都避风的地方停下车，把车座椅放倒，拉过军大衣盖上，直到这时，极度的疲惫才重新返回，我几乎几秒钟就昏沉沉地睡着了。那是我第一次睡在车里面。

我们这些牛贩子

　　整年整月跟牛待在一起，整个人也变得和牛一样蛮笨了。

　　但在草原上免不了要和牛相处，也免不了和牛贩子打交道。村子紧挨315国道的地理条件决定了这是个消息灵通的地方，大量的消息会产生相应的结果，人的脑子开始多想了。想法一多，也就更愿意去干一种来钱快的营生，比方说当一个牦牛二道贩子，无疑是一个既赚钱又刺激的工作。而且是赚是赔大多数时候就跟赌博一样令人欲罢不能。

这似乎又正适合年轻人，于是乎，一夜间村里就多出来好多像我一样的牛贩子，开始有模有样地做起生意来。这转变的过程迅捷而又自然，就像人一但跑起来，脚下的小阻碍就轻易地跨越过去，不用惊讶。

我们这些牛贩子，不但要认识很多很多牧民，熟悉他们牦牛的情况，也要和屠宰场保持密切的联系，保存很多收牛人的电话号码和微信，还要是各大畜牧交流平台里的活跃分子，有事没事都要去露个脸，说一两句或发一些红包在群里，要让他们记着还有这样一个人是比较靠谱的……

我们绞尽脑汁地做事，无非就赚个其中的差价，说起来也蛮辛苦的。

从开春到深秋，忙忙碌碌，慌慌张张。今天去东边装牛，明天去西边看牛，一走好几天，两年下来，日月山以西的地界几乎都留下了我的脚印。我脑海里渐渐地有了一张"牦牛质量分布图"。是海南的牛膘情好，还是海北的牛黑肉多；是果洛的牛出不了斤数，还是天峻的公牛大而空……我脑子里大概有了谱。有时候一想，也挺得意的。尽管也有很多时候会因为某种神秘力量的阻挠而看走眼，但总的来说，还是赚钱的时候多。这也是因为这几年牛羊市场行情见涨，

像股票一样从最低谷一路高走，现在快超过 2012 年的高度
了。那是什么高度呢？比方说，一头成年母牛 2014 年的时
候是四千多块，那现在是六七千多，公牛超过一万块。市
场的积极性带动了牛贩子的活跃，草原上每天都有汽车、
摩托车奔跑在砂石路上，每天都有操着各地口音的人来问
有没有卖的牛或者羊。但眼看着价格一天比一天好，人们
反而不卖了，都想一口吃成个胖子。外地人一看生意没的做，
也就不来了。而后，我们这些本地牛贩子便越做越勤，越
做越远。有一段时间我和两个朋友专门往海南跑，那里有
一个牛的交易市场，我们第一次去的时候不敢冒险，收了
十几头牛拉回来，然后三个人分别找买家，最便捷有效的
办法是在微信的交易群里和公众平台发布信息，要不就是
给专门育肥牦牛的老板们打电话，总之有的是办法，因为
有着一定的关系网，牛卖出去并不困难。有了甜头后我们
三个的热情高涨，火急火燎地又出发了，三四天后又拉着
一车大小公牛回来。当天晚上各自在平台中发布讯息，其
中尖木措发了这样一段语音："各位群里的老板们好！我这
里有大小骚牛 45 头，有需要的老板们请联系。牛在海晏德
州……"

另一人扎西才让是这样打电话的："弟兄，我的牛没说头，膘情身板都没说头，你没有验不上的道理，你来看，这么点路一会儿就到了，我等着……啊哟！你不要添烦了，你还不相信我吗？你快来，要不然卖掉了……两个回族要来看……"

我在一个叫"海北州牛羊交易群"的群里发了牛的照片和文字，而且还给几个人打了电话。其中一个貌似心动了，我就再照了几张"成色"更好的图片单独给他发过去……

尖木措有好酒量，这在收牛的过程中会意想不到地帮上大忙，有时候买卖不对，但喝一顿酒，什么问题就都没有了。尝到甜头了，我们就在车里备上一箱青稞酒，以便随时取用。若是看上了谁家的牛但价格不对，我们就实施"B计划"，用酒来开路。当然，不可能人人都会上当，大部分时候我们连多说几句话的机会都没有，更别提晚上住在人家里了。但总有那么几次，事情是会欣慰地朝着我们希望的方向去，我们的赚头是可预料的。有意思的是有一次住在一个藏族家里，这家的三十二头牛已经完成交易，就等明天装车了。所以晚上我们守在那里，开始喝酒，三五圈一过,那个男人开始耍起酒疯了,非要和尖木措过不去,尖木措也喝得不少,才管不了那么多,两人眼看着就要打起来,不得已我和扎西才让拖着他离开,大半夜开车漫无目的地走,直到他酒醒了,天也亮了。返回去装牛,但那个人根本不鸟我们,仿佛根本不认识我们。即便装车的时候也像陌生人一样远远地看着,还对我们指指点点。尖木措尴尬死了,因为这个人可是他的朋友啊……想必昨晚的酒疯也是刻意为之,感情尖木措是彻彻底底地被玩弄了一回,还屁颠儿屁颠儿地拿着礼品去拜访,人家压根儿就没把我们当一回事。

其实出门做生意,难免会遇到给你脸色的人,难免有受气的时候,有时候人家的表情明明白白告诉你:他根本就懒得和你这样假话连篇、奸诈圆滑的人多说一句话。但我们果真如此吗?当然不是的,我们当然是有原则的。所以这些苦水我们都得自己痛痛快快地喝下去。我们可不是第一次吃闭门羹,早就有了自觉,要是连人家的脸色都接受不了还谈什么生意?趁早回家安安静静放羊得了。所以尖木措尽管气得不轻,但过后也就不怎么在意了。反正也没闹出什么事情,这就已经很好了。出门在外,最怕什么?

最怕出意外，不管是什么样的意外只要出现了，那就是麻烦来了。所以出门人的第一守则是：低调、客套、决不惹是生非！

牛贩子的生活复杂，男人们出门在外，有很多不能说的秘密。我们居然迷恋上了这种生活，很快就发现，在家里待不住了，老是想出门去，想一次又一次地出门去。这种渴求像病魔一样缠着我们，我们的决心——要是有的话——在诱惑力面前一败涂地。外面的风景总是在变化，总是在给我们新奇和激情，而家中凝固的生活模式，就仿佛一种桎梏，困住了你，你的思维、行动都被僵化，仿佛进入了"家庭的坟墓"。

于是我们就想方设法地走出去。人偏偏就是这么奇怪，对得到的和没有得到的态度不一样。这种不一样是自然产生的，而且无法控制。这是一种悲哀。因为想法的产生就是行为的改变，就是在预示，环境中事物的转变已经开始。你不能阻止——当然你也阻止不了——你也不能放弃，放弃相当于推动器。那么，你只能在想法之上增加一些你可以控制能够做主的想法，说是干扰也罢，说是混淆也罢，总之是会有点作用的。我们无疑也会有此选择，但做出的决定却人人不同。想要观察人与人的不同这种时候其实是最好的……我们不同程度的愿望体现在日后的生活里，处处对生活产生深远而隐秘的影响，但谁也不会说出口，仿佛是一个禁忌，一说就完蛋！

当我又一次出发

那是 2005 年的秋天，地点是在祁连山南麓的群山之中。登上稍微高一点的山头，可以看见青海湖的完整面貌。我一个人骑着马，在牧人的营地越来越少的群山中已经走了两天时间。两个夜晚都是借宿在牧人家里面。第一个夜晚，我和那家的男主人——后来他年纪轻轻便去世了——聊到很晚，聊了很多。主要是他在说，我在听。

他回忆三十多年前，也就是他七八岁时候的往事，话匣子一旦打开，一个人的一生便娓娓道来了。当时我并不写小说，但我却觉得这个故事和征服过我的文学作品一样经典。而且我也不必为了文学的前途而忧愁，因为它活得比我想象的更有生命力。他说起生命上的艰难跋涉，心灵和肉体的坚强始终让他有力量踏出下一步。在为爱情活着的那些年，他得以窥知无论发生什么，不隐瞒真情实感是对爱情的尊敬。他说到孩子。他的孩子常年不在牧区，他把孩子们送去最好的学校，即便放寒暑假也被安排满了各种补习班和兴趣班。他花费了巨大的代价却不确定这样做是否真的有意义。他说，这一辈子最大的遗憾莫过于没有进过学校的大门，没有坐过一天教室，没听过一句老师讲课，所以后代必不能如此。已经没能好好受教育，但他可以为孩子提供最好的学习环境。说起这些，他心生万丈豪情，再艰苦的游牧生活，于此而言，都是甜蜜的。

后半夜，我被六七只狗的狂吠惊醒，听到某个山头狼嚎的回音。圈里的羊全部惊恐地聚集在帐篷一侧，最依赖人的时候，它们显得弱小可怜。

第二个夜晚，我借宿在几十公里外的另一户牧民家。男主人是一个上门女婿，18 岁来到草原的时候孑然一身，没有送亲人，没有宴席，没有任何东西。他来到一个牧民家住了三天，变成了这个人家的一员。半年后，他和怀着孕的妻子去登记结婚，一生平平淡淡地就这样过来了。现在他年逾60，却依然硬朗。几十年的草原生活让他学会了一口纯粹地道的蒙古语。他说他几乎一年时间也说不了几次汉语，但我觉得他此话有些夸张，他的普通话说得令人吃惊的标准。那个简易却干净的帐篷中，他和老妻生活得十分惬意。简陋的居住条件，简单的食物，忙碌的生活，充实了他幸福的日子。

我发现他有几本书，有《三国演义》《水浒传》《西游记》和《红楼梦》，已经被他翻得残破不堪。说起这些文学作品，他立刻表现出一副"卖弄"的、多年读书却没有交流者倾诉者的样子，他熟读典故，又能从中获取镜像来映照自己的生活。他就是草原上那种经验丰富得惊人、又有一定学识的人。这种人是草原上最受尊敬的人。我们大谈文学，相见恨晚。并且我们一致认定，在全世界范围内，有无数个类似的场景上演着文学的传奇。

第三天夜里，我没有找到能够借宿的地方，在一个半凹陷的勉强算是山洞的地方，过了一宿。生了火堆，拿出褡裢里的食物，就着山洞外幽魅的星空，吃了晚饭，思考第二天的行程……

类似这样的经历，在十几年前我经历了很多很多。每一次，当我又要再一次出发，去寻找那些独自离开牛群不知去向的成年公牛，当我在某一个人迹罕至的深山峡谷中发现它们，它们孤独忧伤的神情总是让我想起历经岁月沧桑的老人，仿佛想要逃避尘世地狱，找一个短暂却值得的安宁之地。这就好像我们用阅读，用文学的世界来对抗现实，在文学中，天虽然还没有亮，但已经不是夜晚了。我们期待着用文学从身上拯救出一些东西，或者，装进去一些东西。

我越来越了解那些独自离开群体的牛和马，我仿佛能够感受它们的心境，我几乎以为我已经可以和它们交流了。我认为它们在寻找一种洁净。而这种洁净我已经在文学中得到，也同样在文学中失去。我很遗憾它们没有文学，因此它们更显得落魄和忧伤。我同情它们，不能再以一个主宰者的身份去管理它们。我放任它们离开，寻找时心不在焉。我不再愿意去杀害它们，因为害怕那颗射出去的子弹，会穿越所有，最终又回到我身上。所以我一次次走进文学，用其洁净，清洗我的罪孽。

而现在，当我莫名其妙地成为一个写小说的人，在文字的疆域里游牧、邂逅它们的时候，我总会想起过去的那些经历。我才意识到，它们有多么宝贵。原来从那么早的时候开始，原来从我第一次开始放牧，骑着即将临产的大肚子白马，展开我游牧生活之时，我就已经在写作旅途上了，并且也开始了阅读。我阅读生活中的混沌和精微，阅读山木间的起落，石头与生灵的摩擦；阅读河水每一天不同的流动……然后我书写存在的丰饶。我不断地用世界的庞杂充实自己，又不断地清空，去接受文学之纯厚与空白的填充，再接收牧场无垠的夜空那丝丝不绝且渗透力十足的寒意。那么多个风雨中的前行和寻找，已经足以让我变成一个成熟的牧人。虽然到了今天，因为过去的那些奔波，让我过早地患上了关节炎、类风湿等各种因为潮湿寒冷和作息不规律而导致的疾病，但这是草原的一页书，是生活的一部分，如同空气和水。

我书写草原和游牧，无数漫游的孤独的牧人从我文字中走过，如同穿越一片草原。他们带着传奇的特质模糊在天地中，他们向我展示出世纪旅人的样子，那就是带着自己，人生即便艰苦，也要过得果敢、豁达而浪漫。

我书写草原的记忆，书写记忆中的想象。我一直在做的事情，是把游牧的样子，写成一个个故事，写成一本本书。我需要跳入本民族的历史长河中，起起伏伏，随波逐流。我和过去同行，那些被改造、被升级和神奇了的记忆宛如生物繁殖，总是在挑战和推翻我固有的认知。因而我常常觉得，我写作的色彩，并没有我想象的那样浓郁。我在书写中所做的尝试，也没有我想象的那么鲜活。但我依然要坚持下去，尤其是突然一天，我发现自己的作品要去面对更多的读者时，我一边担忧其产生的影响，一边也在努力调整自己的态度。有读者是一件好事情，我希望我的读者越来越多，因为读者越多就意味着批评越多，能在读者的阅读和批评中让我的作品变得更有意义，这是我乐见其成的。写出结实的、牢固的、稳稳站立的文字才是好作家。然而，我也不得不说，在文学的疆域中，我寻找得越远，我露宿的次数越多，我星空中看到的景象变化越多，我越感到迷茫。我觉得我正在经历一个给文学以负重到给文学以精减的过程，我明白这个过程对我的重要性。我想我要做到的是不必停靠站台或者港湾才能装载或丢卸，而是随时随地都能这样做。也许这就是文学和作家最真实的状态。我不想当一个过于依赖文字的作家，甚至我不想以作家的身份去掌控文字。我是一个旁观者、一个亲历者，而不是裁决者。

羚羊消失在 2005

那是 2005 年，夏季的牧区。有一天我和两个伙伴，我们三个人骑着刚刚从马群里逮住的骟马，从营地出来，打算先到小兴山口的帐篷商店买烟买酒，然后沿洪呼力河而上，穿过豹子湾，去往邻村的草山赶回一群当年的羊羔。我们在商店里逗留了一个小时，离开后不久，就在河对岸看见了那只普氏原羚。一只孤零零的羚羊。从来没有羚羊在夏季山区出现过，好奇心驱使我们渡过河，去追赶那只看起来只有两岁大的羚羊。我们在后面追逐,它在前面奔跑。它没有往山上的高山柳林里跑,也没有过河,好像明白两边的危险,径直地朝着我们要去的方向一路逃下去。看不出来它有没有受伤,但它跑动的样子很不对劲,不果决干脆,迟迟疑疑,好像故意在吊我们的胃口。我们一边追,一边讨论这种动物。

在80公里之外的冬牧场,在青海湖周边,普氏原羚成群成群地繁殖,那里是它们的家园。但这样的场景出现是几十年前的事情了,2005年左右的情况是你放牧一个冬天,也未必能看见一只普氏原羚。普氏原羚的迅速消失开始并没有引起牧人们的注意,或者说注意到了,但却不会为它们担心,反而很高兴,没有它们和自己的羊群争夺牧草吃当然是好事情,它们适当地消失一些仿佛更好。但是事情不是这样,仅仅过了几年,冬牧场上一只羚羊也看不见了。羚羊的大量消亡除了不为人知的其他因素外,人为猎杀是一个重要的原因。尤其是民间枪支没有回收之前,盗猎分子的猖獗猎杀在初冬之际是一个高峰,那时候,偷偷摸摸的猎杀太多了。我听父亲说过,盗猎者埋伏在沙漠和草原的接壤处(因为那里是羚羊最愿意停留的地方),来一群打一只、来一群打一只，有时候，一天都不用换地方，就在一个地方卧倒埋伏着。父亲他们深秋回到冬牧场，赶着羊去饮咸水的时候，每天都能在沙漠里听见枪声。普氏原羚和其他动物一样，感知危险的能力很强，当发现这块土地已经危机重重，一部分选择迁徙，选择离开，而留下来的这部分，被慢慢猎杀殆尽。

民间枪支被回收以后，这样的场景再不复现。但普氏原羚这个群体的数量却依然在下降。当我回去放牧时，七八年时间一只也没看见，所以就对父亲的话有所怀疑。他说他们年轻的时候，羚羊几乎和家里的羊群一样多，这里几只，那里十几只，有时候和家里的羊群混在一起吃草。他用一种到了冬天会枯死、随风飘走的长草篓成一个大大的草球，顺风从山坡往下一滚，准能惊起一群卧着的羚羊。他们和冬季草原一色的皮毛是天然的伪装，站定不动的时候，很难发现它们，但这种滚草球的有趣游戏却可以让它们惊慌失措地暴露。轮到我放牧的时候，别说羚羊了，连那种可以做草球的草都没有了。

在夏季草场发现的这只落单的羚羊，是我第一次看见活着的羚羊，而我曾一度以为普氏原羚是一种十分神秘的动物。

我们跟着这只孤单的小羊,一直来到热力木河在这片草原最大的拐弯之地,这只小羊终于跳跃进这片湿地中,跃河而去,消失在交错的丘陵区域中。

时间一晃到了2021年,距离那遥远的和普氏原羚的一次同行已经过去十几年了,我有机会再一次去了解普氏原羚在青海湖北岸的生存状态。其实在这之前,我得益于地利之便,和它们打交道的次数已经不少了。我有两年时间成为一名湿地管护员,有三年时间是禁牧区的护林员。在这几年时间中,我看到过无数野生动物,熊、草原狼、野狐、沙狐、麝香、马鹿、岩羊、各种鼠类,各种各样的、大部分叫不上名字的飞禽……当然还有普氏原羚。当这片牧区草原的生态环境越来越好、野生动物的保护力度越来越大,普氏原羚的数量理所当然地增加了,而且是快速增加。毕竟,普氏原羚算是哺乳动物中繁殖力较强的一种,如果没有严重的大灾害的话,一年一胎没有问题。理论上,随着羊群数量增加,其繁殖率也会几何式增长,比如一个大群的母原羚数量在300只,那么一年的产羔量正常情况下会保持在240—280只,持续五年的话,数量会上升到1600—

1900只。原羚和家养的羊一样，母羊通常三岁时开始产羔，少数两岁就开始产羔，五年时间产羔母羊的数量就会翻番。但实际情况却并非如此。事实上，如果没有一些人为的救助的话，一个严酷的冬天就是普氏原羚的大灾难，再加上各种其他因素，比如刚出生的羊羔就是沙狐、野狐、狼、流浪狗和大型猛禽的天然食物，是这些食肉动物能量来源的大头。还有流行、传染病害，铁丝网的"谋杀"，老弱病残的淘汰……普氏原羚的生存环境并没有变得很优渥，不过这也正常，作为自然序列中的一分子，普氏原羚在自身生存的同时，也无可避免地成为其他物种生存的条件。但话虽如此，近些年来政府对普氏原羚的保护工作却一直在有条不紊地进行着，而民间，牧民自觉的保护行为也卓有成效。像海晏县甘子河乡的尖木措，就是一个心有大公、不计回报的普氏原羚保护志愿者，是青海湖北岸的"普氏原羚守护者"。历年来，他在救助普氏原羚这件事情上投入的时间和精力，无法计算，投入的资金，数以十万计，十多年当中，一年年、一天天地累加，是一个很大的数字，但他并不觉得自己亏了，他反而很自豪，这些年他在野生动物（并不局限于普氏原羚）身上倾注了自己的感情，也得到了很多快乐。他作为这方面的典型人物,近几年得到了诸多关注。在他家里,可以看到很多奖状和奖杯,是社会对他的一种认可,他将所有的奖杯整整齐齐地摆在客厅最显眼的位置,看得出来他很在乎这些奖。他讲了和普氏原羚那些不得不说的故事,讲到最近几年,由于普氏原羚的数量有了显著增加,有几个大群每年冬春都将他家附近当作定居点,产羔。这样一来对周边的牧民造成了很大的困扰,因为普氏原羚会整群整群地进入牧民的草场,去吃草。那些一直舍不得吃的草场都是牧民冬天自家的羊群产羔时要吃的,但普氏原羚霸占掉了。他们不得不每天都去看护自己的草场,按照牧民的说法,吃个一次两次,哪怕五六次都没关系,谁叫他们也喜欢普氏原羚,也愿意保护它们呢?但把整片草场都给羚羊吃,他们的羊吃什么?他们的羊没有草吃,那他们吃什么?所以尖木措向有关部门反映过这件事,期待有一个满意的解决方案。

无独有偶,在刚察县的哈尔盖特护区,哈尔盖派出所所长告诉我,到了每年的十月,牧民们会把派出所的门槛踏平,他们冲进派出所,开口就是:"所长,你的羊把我的草吃了,你管不管?"

我们驱车前往哈尔盖特护区的一个普氏原羚栖息地，就是公路旁边不远的一片人工种植林，及周边的一片草场。我们下了公路，沿一条乡间小路朝深处走了一公里，就看见了一群普氏原羚分散在草场和种植林里，这是一群母羊，绝大部分都领着小羊羔。小羊羔已经不小了，有六七个月大的样子，我大概数了一下，这群羊的数量在 160 只左右。见人来了，它们也不是特别惊惧。所长说现在特护区的普氏原羚对人类的警惕心大大降低了，因为每年冬天，他们都要投放饲料，每隔半个月二十天投放一次，如果下雪了，羊群没有草吃了，还要撒燕麦草。但是这样一来，又产生了新的问题，牧民们不愿意让饲料投放在他们的草场上。原因很简单，在一个地方投放时间长了，普氏原羚就会记住这块草场，然后它们就会经常性地光顾这里，甚至是常驻这里，这是任何一个牧民都不愿意看到的。但喂饲料给普氏原羚，帮助它们渡过寒冬这个难关又是必须要做的事情。这件事让哈尔盖派出所的工作人员头疼不已，很多时候他们不得不低三下四地去求牧民们行个方便。

大群大群的普氏原羚回到这里，肆无忌惮地在各个草场之间穿梭。因为考虑到过高的网围栏会对普氏原羚造成残忍的伤害，早在十年前，派出所民警就走访了牧民群众，动之以情、晓之以理，让他们将网围栏的高度从 1.5 米降低到了 1.2 米，方便了普氏原羚移动觅食。当初跟牧民协商的时候，普氏原羚的数量很少，几个小群，总共才不到 200 只。但到了这两年，仅在哈尔盖特护区，普氏羚羊就有五个大群，若干小群，总数量超过 1800 只，再过一年就是 2000 多只了。如此庞大数量的羊，只在一个管护站辖境内，而草场却有限，也实在怪不得牧民急眼。所以如何有效地解决牧民和普氏原羚在草场方面的"纠纷"，是接下来普氏原羚保护工作的一个艰巨任务。而随着国家对生态环境保护的日益重视，相信这个问题会得到圆满解决。

父亲的酒

不至于全是回忆，但确实如此。说到酒，我不记得自己喝酒的多少事，满满的全是过去的回忆——关于父亲和他的酒。

回到过去，在我生活过三十年、也过去了三十年的那个地方，我看到一个小孩子的我，拿着比身子高许多的铁锹，费力地挖开了一个坑，把那片草地上碍眼的酒瓶子都埋掉……过去了很多年，但无论什么时候，只要我看到那片夏季营地，那个牧场的帐房驻扎过的地方，我都会想起这件事情。后来，这段往事开始活跃着，不断出现在我的记忆里，不断出现在我长途旅行时、我写作时，甚至是我的梦中。它为什么如此频繁地出现？为什么要这样锲而不舍地跟随着我呢？它又代表着什么？它象征了什么吗？也许，如很多事情积累到一定程度都会发生变异那样，这件事情到了某一个程度之后，也让我在毫无准备的情况下产生了一次震动。我想，啊，原来任何事情都不是随随便便出现的，也不是可以随随便便就能消失的。所以，当我因为酒要写一篇文章时，我想到的是我的父亲，我的父辈们。他们在这片高寒的草原上是如何一日日、一月月、一年年地用一种望着山峦的固执姿态和酒相依为伴，他们让自己成为雕像，他们让酒成为一个灵魂，乃至成为一个牧人的样子在草原上游荡生存。他们把这种液体和自己的血液融合，直至出现一种知觉，仿佛流淌在他们的血管中、身体里的已经不再是血液，而是酒水，是酒在他们身体里流动，在他们的身体里形成的汹涌波涛拍打远去在岁月里，并且至今回荡在高寒草原的每一个山谷的泥泞小道中，每一座山巅的石头锋刃上，每一条河流中的每一颗水珠里面……

我去回忆，去追溯。我用在酒中行走的方式，让自己时时刻刻处在一种回忆的状态中。过去仿佛被时间酿成了一壶酒，与我庄重地汇合，然后成为我自己的酒。我想起来在我这一壶酒酿造之初那个遥远的季节，具体到那一年，那个阴雨绵绵、寒风刺骨、暴雨不断的夏天，我们一家人扎着一个黑牛毛大帐篷和一顶小帆布白帐篷，住在洪呼力河对岸野鸽子洞山崖的旁边，前面 300 米的地方，往年清澈到晶莹的洪呼力河在这个夏天浑浊咆哮，凶残且无休无止。河的对岸，就是我们这个夏季营地的"集市"，那里有三个帐房商店，一家帐房录像厅，一家帐房饭馆，还有特别喜欢热闹而非要把自己的夏营地驻扎在这周边的牧民的帐篷。他们都是酒鬼，都是赌博客。我的父亲，就是这些爱热闹之人中的一员。我们原来不住在这里，我们的原始营地在离这里还有几十公里远的地方，但是父亲舍不得这个地方，坚持己见，终于说服了母亲。双方都做出了妥协，既不驻扎在商店的周围，也不去原来的营地，而是到了河对岸的野鸽子洞山崖之下……

这个夏天从开始便是一个噩梦。母亲在后来的几十天里不断地自责，愤怒地和父亲争吵，因为父亲就像一匹脱缰的野马一样，彻底放飞了自我，他在河对岸流连忘返，几天几夜不回家，他在帐篷里面喝酒，看录像，吃饭，然后和酒友们一起消失，然后再出现……常常是消失几天后，突然一个早晨，他的马又出现在帐篷商店门前的拴马柱边。母亲一次次用脚掌摸着石头蹚过危险的大河，去商店把父亲接回来。更多的时候，是父亲一次次地带着他的酒友们来家里面继续喝酒。那是一个多么混乱、喧哗而难以忘怀的夏天啊！每时每刻，我都在一种担忧中度过，我的嗅觉在那个夏天神奇地发生了变化，我对酒产生了一种极度的恐惧，因为一旦我闻到了酒的味道，那就意味着会有不好的事情发生。 那是些什么事情呢？ 混乱的家庭生活，不断的无休止的争吵，时时处于危险状态的父亲，时时处于暴怒状态的母亲，这一切都让我害怕，都让我不想去面对。但我还是要每天都面对这些，哀求父亲少喝酒，不要发脾气，不要出去，早点回家…… 我小小的身体承包了所有外面的放牧工作，但我一点也不觉得这对于我来说有多辛苦，我只是担心父亲，他太爱喝酒了，酒让他曾经杜绝的某些东西回归到他身上了。

　　每隔一段时间，母亲都会命令我拿着铁锹，去倒垃圾的地方，挖开一个深坑，把那些刺眼的、让我们羞愧的、让邻居和路过看见的人感到惊异的酒瓶子都埋掉。因为酒瓶子实在太多了，母亲依然想要保持住自己的脸面，哪怕这种脸面有一种掩耳盗铃的可笑样子，她依然要这样做。所以在那个夏天，我挖了好多次坑，埋了很多很多的酒瓶。时至今日，每次看见那地方，我都会想，那些酒瓶子现在也还是安然无恙地躺在泥土里吧？它们的样子，也一定是我埋葬它们时候的样子吧？

　　时光荏苒，那一段岁月转瞬间已经成为记忆，又用回忆的方式一遍遍地回来找我，给我一种我自己都不知道的启示或意义。艰难的夏天结束好几年了，我成了一个脸色黑红、性格沉默的少年。我依然不喝酒，我的父亲依然不曾停止喝酒。有一年，我们从夏季牧场转往秋牧场的途中，他怀里揣着一瓶酒，唱着花儿，挽着他的黑枣骝大走马的马尾，比我更像一个少年一样活力四射。而我呢？却反过来了，我像一个迟暮的老人一样稳稳妥妥地赶着牛群，对他不理不睬。我恨他，恨他是一个酒鬼，恨他不管家不顾家，恨他把一个家庭的生活糟蹋成这个样子。当时，我何尝会想到有朝一日，我也会开始喝酒，我也会成为一个真正的男人，会在经历了人世间很多对与错的事情以后以一种那么理解、那么原谅的心态去看待过去的父亲，尊重他的行为呢？

夜深人静，坐在阳台的沙发上，抽着烟，认真思考这些往事。我在想，是的，没错，我们父子都是因为酒而疏远，也因为酒而和解。我们父子因为酒而更理解彼此了。

几年前，父亲母亲住进了县城，他们结束了几十年的牧民生活，终于换了一种生活方式。其实在更早的时候，他们就已经放下了牧民的生活，但我始终认为，只有当他们慢慢地不再操心和担忧牧场上的事情时，那才是真正地放下。所以直到几年前才发生了一些微妙的变化，他们不再时不时问我详细的关于牧场的事情，问我这事那事都做好了没有，他们不再怕我做不好而嘱咐这个嘱咐那个……这些突然间就停止了。于是我就想，他们真地放下了。

那年春节前，腊月二十九，我在和父亲聊天的时候说，年三十晚上，我们喝一瓶好酒。于是我们在家里面翻箱倒柜找啊找，但所有找出来的酒都不让人满意。父亲说就挑一瓶吧。我说不行，我去买一瓶好酒。我走到县城的街道上，所有的商店的门口都摆着酒，摆着礼品盒，摆着和年有关的那些花花绿绿喜庆的东西。我只是走了几分钟，就看见了一个巨大的蓝色的牌子，上面醒目地写着"郎"这个字。我当然知道郎酒是好酒，我知道它是因为只我看电视，只要中央电视台出现，我就会看见它。这么多年——尽管后来电视看得少了——这个广告深入我心。看见郎酒，我想，就是它了。我走了进去，买了一瓶青花郎。除夕之夜，我打开这瓶青花郎，给父亲母亲敬了酒，然后我和父亲相对而坐碰杯，喝完了一整瓶。

　　我想说的是，这是我长到 33 岁，第一次和父亲喝酒。我和父亲在酒香中，完成了这个世间，一对父子的情感交换。

试着做一个灾难的诠释者

那是十多年前，我和我的牧人朋友们骑马远足时，长路漫漫，我们也会有讨论和交流。我们的主题不必事先拟定，因为最好的主题都会在这旅途中经过一段时间的预习和缠绕，而后如同视野中看见的那些牛群或马群一样很自然地到来。

而现在，我想说的主题是关于灾难的——直面灾难的文学。我之所以选择这个主题，是因为它在过去、现在以及将来与我都如此紧实地捆绑着，如同空气和食物一般成为一种不可或缺的东西，正如我这次的选择一样，它本身也是一种灾难的体现，因为传统习俗的力量无法主宰现代人的生活秩序。所以当我们矛盾的时候，其实就是在经历一种灾难。

如果生活中有几个层面的话，那么灾难就是其一。它携带着某种智慧和预言性介入我们的生活，充当起了上帝的角色。

而当其浸入到文学，却发生一些变化。从外在的毁灭，到内部的崩塌，从一种运动的轨迹，到静止的漩涡……

灾难的本质到底是什么呢？在今天的主题下，它的本质就是预言。几千年来文字及文明产生的，就是一本厚厚的预言书。我们在这里寻找、验证、总结了所有的灾难。

写这篇稿子时，就在我的书桌上，可以归类到灾难范畴的书就有《等待野蛮人》《愤怒的葡萄》《冷血》《失明症漫游记》《活着》……其实还可以有更多的书籍在广阔的意义上都在对灾难进行阐释和进一步定义。阅读这些作品是对这个主题的打磨和剖析，也是在自我认知的基础之上进行的熔炉淬炼和锻造，因为灾难真正的存在意义是它的后果引发的更具有普世意义的哲学精神的发现，而不是其后果本身。

我觉得我必须要打开我那条深邃悠远的记忆通道回到过去，回到那个对我而言已经比较久远的年代，去看看我所面临的来自外面来自自然界的灾难场景。我记忆里的第一次灾难，发生在我五六岁的时候。那时候我还依然是一个游牧之子——当然，我今天依然也是游牧之子——我所记得的是，在我们牧民的定居点，就在我家，我家族的人，我的父母、我的祖父都在忙着盖房子。那个房子早先刚刚建成的时候是一个库房，后来当我到了结婚的年龄，它又成了我的新房。再后来，我当家作主，拥有了这些房子的所有权和使用权的时候，它又成了我的库房。而在当时，这一栋孤零零的单薄房子正在一天天成型，屋顶上面有我的两个叔叔和我父亲。就在那时，灾难发生了，一场突如其来的地震将整个大地撼动，我的母亲和姐姐惊叫着跑了出来，我至今记得姐姐跑出来的第一句话，她喊道："碗柜里面有魔鬼，所有的碗都自己跳动起来了……"

姐姐说得对。当魔鬼来临，地动山摇。那是我第一次直面自然界的一种灾难，尽管这场小小的地震并没有对我们整个家族造成太大的伤害，却给我的心灵刻下了永恒的印记。

第二次遇到类似的情况是在三年后，我们一家住在秋牧场，一天傍晚来了一场大暴雨，那片平展草原上的水就像是从地下渗出来的一样肉眼可见地淹没了草地，淹没了帐篷里的生活物品，我们的床铺漂了起来。这片几乎是片刻之间形成的汪洋在猛烈的狂风中开始流动起来，我们一家人用柜子箱子这类重一点的东西顶住被风吹的那一面帐篷，然后我们再用自己的身躯抵住箱子，帐篷呈现出一种夸张的扭曲姿态"吱吱"作响，似乎下一秒连人带帐篷都会被刮上天。外面的羊群里肯定已经有很多羊被淹死了，小羊被冲走了，但我们无能为力。来自自然界的灾难，带着折磨和拷问，轻松自然地来了。

我由此开始关注灾难，并用我的方式去诠释它。我成为一个灾难的诠释者并开始了往后的生活。这之后我面临的灾难简直让人眼花缭乱，团团将我围绕其中。无论是精神的、生命的，还是更加直观、更加痛楚、更加视觉化地给我们呈现出来的生活的那些灾难，它们或大或小，或轻或重，无时无刻不在对我这个创作者进行一种令人惊讶的善意提醒，让我得以窥知一点灾难的真谛。

我想，只要顽强而坦诚地面对它，那么它在我内心被接纳，并被重新酝酿、重新孵化并以我自身的力量再次生发出来的，可能就是灾难给予我的最宝贵的东西。的确，我在灾难中似乎看见了生命的形状，以隐藏在绝望后面的慈悲样子出现。我同样更多地看见人性的善念的存在，当摒弃绝望与痛苦，甚至是生死那些因素，我们能偶然捕捉到的，就是这些和道德没有关系的纯粹的善。因为这是我们面对灾难后再次充满信心的生存最好的新起点，是一条路平整的面和一座山的引导灯。所以灾难也同样是文学创作者内心中闪烁着的一把钥匙，一个无法忽视的主题。

灾难在给我们带来改革，给我们带来再生，给我们带来巨变，让我们成为不断去认识自己的人，让我们重新调整自己。若人生是一片海洋，而我们是一艘船，灾难就是这海的浪。我们是渺小也是痛苦的，因为我们要承受生生不息的灾难之海浪永不停止地拍打，在日常的淹没中我们才真正理解它，并且通过它来丰富我们的生活。可以说，我们是在灾难中检验着生活，其间交织着对生活的热情。几千年来，我们都在与灾难进行长时间的交流、长时间的融合。

甚至我们与其之间产生了一种恋情般的奇特情感。正如库切在他的小说《等待野蛮人》里所说："我们以对灾难的想象滋养着自己。"

我不得不再次回到我过去的年月里，有一年，还是在盖房子——似乎在我青少年时期我们家一直在盖房子——盖羊住的房子，盖牛住的房子，盖我们自己住的房子——而这又何尝不是一种灾难呢？

那次是我和父亲买来了很多刚刚砍伐下来的树木，我们在处理树皮的时候，我阅读的是一部灾难文学作品，那就是福克纳的《我弥留之际》，这部作品从头到尾让我处在了一种剥削自己的感觉当中。我几乎把自己手中的活等同于灾难本身。我甚至想，在当时那个西部干燥的风不断吹的空气中，我每剥去一张树皮都仿佛是在剥去一张人生的面皮，我甚至觉得在那些个清晨或黄昏的冷光中，我也同样剥去了父亲一生的面皮，让他置身于一种会给我产生惊奇恐惧效果的环境当中，多么可怕的一种阅读记忆。当树木成为房屋、我的记忆稍微修改了这段过往的时候，我依然为当时的那种惊心动魄的感觉痴迷不已，同样为此而恐惧，也同样为此拥有了一种更强烈的关于灾难的占有欲。

我将其体现在我的写作当中。我的写作中没有避免过灾难，没有逃避它，我几乎不能没有它。那些大大小小的灾难汇集成文字，重新幻化成江河，汇入灾难之大海，融入其中却更有力量，以波涛骇浪般的形式再次扑向我，此时它的暧昧和依恋，我都感受到了。我从中诠释了它给我的意义，那就是一个人成为一个作家，书写一种主题时的那种可能性，它带着预言式的，甚至是叙事的轮回给我带来了一种纯粹的创作体验。

所以最后我要说的是，世间任何生灵，自诞生之时，便准备着灾难的那一刻，假如我们的灵魂不曾拥有过其他的过往的记忆，那么灾难，就是它最深刻、最重要的记忆。

我游牧的草原和文字

　　我脱离学校，在游牧状态中过生活时，我忘了当时有没有展望过未来，即便是展望过，那也不是今天这个样子，它一定是跟我当时所处的那个环境息息相关，是由当时的感受和环境延伸开的想象，不足以抵达现在这里，这就是阅历，阅读的延伸。所以我今天第一个部分，想顺着从阅读到阅历再到写作这条线说一说。

　　我从学校出来的时候年龄并不大，12 周岁时，我已在自家牧场上开始了初步的游牧生活。但这之前几年时间，就是从我有记忆到我去学校，除去这五六年，其实都是在县城里面度过的，我没有在我牧区的家里面。作为一个草原孩子,开始放牧的生活,是从 12 岁开始的。所以我的记忆、草原的记忆也从那里展开。在学校比较调皮，我换了两个学校，都被开除过，再没有地方去上学了，只能回到家里。从读书的地方离开，到了不需要读书的地方，我反而喜欢上了读书。这个喜欢读书的契机，能够让我认真地把文字从第一个字追逐到第二个字，一排一排阅读下去的原始欲望，来自武侠小说，来自金庸的武侠小说。我从武侠小说开始阅读，也开始了人生的阅历。

武侠小说阅读持续了差不多十年，但真正对我有影响的也就是那么两三年时间，这两三年持续发酵的那个过程，它膨胀形成的那个空间的力量，是强大的，强大到什么程度呢？强大到我开始写作时，我依然在脑海中形成武侠的那种风暴，我依然在刀光剑影的世界中做所谓写作这件事情。我不断和自己进行纠缠，一方面，我努力拒绝武侠小说那强大的叙述力量，另一方面，我接纳了鲁迅、老舍先生的作品，我觉得这是更高的文学，而我愿意在这里敞开心扉，接受鲁迅、老舍从阅读起始对我产生的影响力量。我知道我应该朝着这个方向去发展。可是，还有武侠在呢，或者说，有金庸在呢。当时我经历的纠结困惑、对自己否定、然后再建立信心再否定的过程，持续了一段时间。

其实，从武侠小说真正进入阅读，我开始感受到文字对人生的意义时，我恰好又遇到了另一种文学，我当时将它理解为"战争文学"。但这种相遇其实是很小，小到什么程度呢？小到了一本书的程度。这本书叫作《西路军悲歌》，讲述的是西路军进入青海，被青海的马步芳军队驱赶进入祁连山这个过程当中发生的一些战斗，特别惨烈。我当时年纪小，也没有到能接受这种文学作品的"阅读年龄"，我不足以承受这样的文学作品，所以它给我造成很大的负面影响，我过了好一阵子，甚至是好多年才从中解脱。那么多细节在那本书里面从头贯穿到尾，惨绝人寰的，难以想象的，不敢回忆的……我无法理解的悲惨事情就发生在我居住着的这片土地上，并且也才是几十年前的事情。而我当时无论是对生命还是对阅读的那种承受力，还没有达到能够建设起一道防线的地步，所以，它一冲我，我就垮了。垮掉之后，对阅读产生了一点抵触情绪，因为我在看一部完全不知道里面是什么内容的作品前，会担心出现我受不了的东西，我可能又得再一次把自己给重新武装起来再去面对，这是一个痛苦的过程。我刚才说了，我不觉得它跟我年龄的幼小有关系，如果我已经建立了稳固的阅读基础的话，我可能就会承受得住，但当时并非如此，我是猛然地接受了这种作品，又对我产生了那么大的影响，我看到我那些父辈、祖辈们平常说他们的故事，他们故事中但凡出现和悲惨的命运相关联的内容，我就会很自然地把它和我阅读过的作品串联起来，它们会自然地形成存乎于我心中的一个世界。这个世界自行运转，每运转一遍，就会对我施加一次影响。从开始到我能够真正把它包容，它一直都是负面的样子。正因如此，我觉得阅读并非从开始就是很好的很积极的一种行为。有时候，阅读会给你带来的冲击和所造成的伤害，是你没有办法去真正消化到你的生活里面的，但它存在。它对你内在的伤害是你没有办法跟别人说，而你自己特别清楚它到底是什么。

这就是我刚开始阅读读到的两种类型的文学作品。武侠小说给我展现了一个无比广阔的世界，在此之前我不知道还有武侠这个东西，接触到之后呢，它里面的刀光剑影和爱恨情仇充满了欲望的吸引力，尤其是对青少年的男孩子，这吸引力是那么剧烈、那么强大。这里也有战争，但是却不能给我《西路军悲歌》那样的震颤。我只有过渡到真正写战争的文学作品（归根结底，其实写的是可怕的人性），才知道什么是战争。但是，无论战争文学它有多么负面的力量，它的对立面，永远有个更正能量的东西存在，那就是爱情。我读爱情，憧憬爱情。我记得当时发现了一本小说，那本小说我一直不知道叫什么名字，里面有一个女侠叫玉娇龙，后来我看了李安的电影《卧虎藏龙》，才知道这书是聂云岚改写的《玉娇龙》。我当时读它也是没有头没有尾，它结束的地方是北疆赛马的场景，到了要相遇的最关键的地方，看不到了。后面会发生的爱情折磨了我好长时间，我每天都在想他们怎么样了？到底有没有在一起？他们会不会在一起？那特别痛苦，但是又很让人迷恋。爱情很有效地对冲了悲惨，很自然地中和了另一种文字的残酷，让我还可以继续再往下走阅读这一条路。

今天的题目叫："我怎么做起小说来？"这是陈轩帮我起的一个特别鲁迅式的题目。在写作早期，我不怎么考虑这事，因为写就那么写吧，写不下去的时候就读书，能写的时候就写。但是最近几年，因为对写作的态度发生着变化，我开始在想，我到底是怎么开始了这么一条路？人生无数种可能，不可能因为仅仅读了几本书就开始了写作，没那么简单。所以在梳理我何以有写作行为时，我总结了一下，觉得可能有这么几个原因：

第一个是讲故事的传统。这个讲故事就是家族里面的讲故事，是我们生活中的那种故事。有句话说，每个作家都有一个会讲故事的祖母，这句话真是至理名言。我也有这样一个祖母。我的祖母在特别年轻时被石头砸断了腿，成了残疾人。在人生的后半段生命里，她不能行走，坐在炕上、坐在轮椅上度过了漫长的四十多年岁月。从我记事起，每天晚上都睡在她旁边，每天晚上必定的节目就是讲故事。她的故事不是平常的童话故事，是饱含着人生哲思又残酷得让你难以忘怀的故事。比如说，她讲了一个《兄弟两个》的故事，弟弟是一个傻子，有一天来了一个骗子，骗子骗弟弟，让这个弟弟去杀一个人，说只有你杀了这个人，你的哥哥才能够活下去，不然你哥哥会死……弟弟是一个很执拗的人，他认定了这件事情是真的，就要去把那人杀了。哥哥怎么劝都劝不了。哥哥知道，总有一天弟弟会去干这件事情，他是阻止不了的，所以他要做出选择。有一天，他带弟弟来到一个山脚下，而他要到山顶，在上山之前，他对弟弟说："你在这等着，从山上跑下一只火红的狐狸的时候，你就要抱住它，你紧紧地抱着，我不下来，你就不要松手。"哥哥上山之后就烧红了一个块石头，然后把石头滚下山。弟弟扑过去抱住了这块石头，他一边忍着灼烧的剧痛一边在嘴里念叨说："我不放你！我不放你！"他自己给烧死了。这样残酷、简单、不必有太多逻辑的故事祖母讲过很多很多，她不会跟我们说我给你们讲这个故事的原因是什么，为什么要给你们讲这样的故事，因为这个故事也不是她原创的，这些故事是她小时候，她的祖父祖母讲给她听的，现在她又讲给自己的孙儿听。这是草原上代代相传的故事，这也是真正的民间文学。它对人最开始的文学素养的形成起到了至关重要的作用。

然后，到了青少年时期，我开始独立地去做一些事情，开始有自己的空间去独立生活的时候，草原上的帐房录像厅就出现了，电影就出现了。

那时候的帐房电影是用加汽油的小发电机来发电，带动一部彩色电视机和一个音响功放、一部 VCD 播放机。而碟片绝大部分都是香港的影片。警匪片、武打片，全是这些。内地的影片很少。有些国外的西部片，第一部西部片我就是在帐房录像厅里面看的，还有《乱世佳人》，早期的版本，还有《廊桥遗梦》等老片子。很多碟片因为放的时间久了，它就划了，看到了某地方，它被卡住，就得快进，五分钟就跳走了，突然接到了下一段，中间差了五分钟或者十分钟，你就得自己靠想象去接。这个时候，文学的作用就显现了，平常你的阅读你的想象力的作用就派上用场了，你用自己的想象力去弥补缺失的部分，一遍又一遍，不断地完善你接好的东西。第二天你又会重新推翻它，你觉得根本不合理，完全不符合逻辑。因为那个人到那儿了，后面又那样做，他中间肯定是做了这样的事情，这样才很正常，他那样做就不对……

很多影片都是这样子，你得不断地去接，让自己深度参与其中，这就不再是仅仅看电影那么简单，因为你要想得到满足，就要干一些运用自己才智的事。

那时候，每天一睁开眼睛，便盼望着天黑。到了太阳快落下，帐房录像厅的发电机马达声响起来，大广播开始播起武打声音，那一段时间是漫长无比的，太阳就是不落山。

因为太阳落山之后才能把牛羊归圈，归圈之后才可以去看录像，所以有很多很多和我一样心情的人在等待着夜晚到来。夜晚来临，我们的精神生活开始。

草原上的帐房录像厅是流动性的。前半月它在这片草原，服务于附近十公里范围内几十上百家牧民，到了下半月，它就到十公里或者十五公里之外的另一片草原去。但是，就算是在十五公里之外，录像的声音也能听得见，它断断续续传来的时候，你就再也睡不着了。你还是得去看，你要去看的话你不可能走着去，你得骑着马去，但是马是我们白天劳动的重要帮手，白天要骑着马放牧，晚上马要休息，它要吃草，它要恢复体力，第二天工作。但是我们不能让它休息。我们有一帮差不多年龄的孩子，都是晚上偷偷地骑着马去看电影。十多公里，一趟子跑过去，看完，半夜了，又骑着马，一趟子跑回来。到了第二天，马已经乏了，连续几天这样，那匹马已经不能放牧了。我父亲为了制止我，就想了一个办法，他把我平时骑的那匹马给放了，又把我们家最烈的马抓回来。在白天他去放牧的时候，他会骑着，我去放牧的时候我就没马骑。他让我自己走着去，我白天也就忍了，但是晚上不行。我必须要有一匹去看电影的马，所以尽管那匹马性子特别烈，但我白天不敢骑的勇气晚上录像厅的声音还给了我，为了看电影我也能豁出去。而且我很高兴它的烈性子，跑得那么快，节省时间。我第一个到达帐房录像厅，看了一会儿，我的伙伴们才到来。看完之后，我又第一个回去睡觉了，所以我很高兴。后来父亲没有办法了，他又买了两匹马，用两匹母马换了两匹公马供我骑……

电影进入了我的生活。当时我肯定不知道今后会写作什么的，但我对电影的热爱，对电影的执着，强烈地影响到我的思维，我现在可以这样说，电影的叙事美学直接影响到了我今天的创作，它对我的小说的形成、文本的形成，是有直接关系的。因为很多对话，包括人物说话时的神态，我写作的时候，在脑海里面会把它演绎出来。很多人说我的小说画面感特别强，我不是刻意去追求这样，是我之前看电影的经历让我习惯于在创作时把小说影像化在脑海中，我需要这样极具画面感的呈现才能将文字书写出来，而不是文字出现后去想象画面。

这是我创作的一种习惯。可能这种习惯是当时观看电影对我的意识、潜意识形成的隐秘的寄养。无论什么电影，无论什么样的对话，无论什么样的内容和情节，它都在层层寄养中，渐渐形成新的东西。当我需要的时候，这些东西以"我的东西"的方式出现。

再一个，说说神话。我接触神话完全不是因为书，也不是电视。当时只有收音机，收音机里面我听到的神话故事还是比较多的，但印象最深的是《封神榜》和《西游记》。它们以这种说书的形式轮番地在一些频道中播出，而这种神神怪怪的东西接收都是在晚上，是八点以后，或者是十点以后。白天的工作都已经完成，吃完晚饭，躺在炕上，旁边放着收音机，收音机里面是神话。闭着眼睛听这些古老的故事，在脑海中，在脑海一片黑暗的世界里，展开栩栩如生的影像。而神奇的是，它又跟想象力紧密结合，会在不知不觉中牵动你的想象力，让那晚听完的神话结尾的部分接着往前走，往前去延展，自动地开始了这个过程。当你已经把神话听到了一个阶段、到达了某个节点之后，神奇开始了。听完了半个小时的神话故事，前面有无数个半个小时组成了整体有序的大故事，后面呢，你还要再过二十四个小时才能知道故事接下来是什么，但是这个中间，留下了巨大的空虚空洞，这个空洞就需要你的想象力自己去填补。你明明知道你填的这些东西什么都不是，特别可笑，很幼稚，你明明知道第二天这个时候，你能听到最原本、最真实、最完善的内容，但你还是要去接，用你的想象力把这个接到后面去，因为只有这样，你才能把故事突然中断后出现的空虚失落状态稍微地填补一下。想象力的作用就是这样。为了填补空虚和那种巨大的失落感，我不知不觉中拥有了文学。收音机里面的评书，包括《薛仁贵征东》《薛刚反唐》，还有《童林传》这些，无一例外都是这样。在听的时候，你就在担心听完一刹那的那种失落，然后你的想象力似乎也因为你的担忧而做好了准备。好！到了十点三十分、十点四十分，这一集结束了。你无论多累，睡意无影无踪，你还沉浸在这个故事里面，这时候，你就得用想象的方式去填补，好让自己想着想着睡着，神话加想象力，清晰了我的文学也安抚我的心灵。

第四个我觉得是生活本身。可能生活本身就是文学最真实的东西。应该把生活当成文学作品那样去对待，这样可能会学到更多的东西。平常那种生活，如果说有多么大的刺激性，多么不一样的期待，没有。今天的生活就是明天的复版，明天也是后天的。你每天都在一个差不多的生活当中，一天一天地在过，这个过程中稍微出现点不一样的东西，你会把那一点不一样很珍视地保存起来，仔仔细细地记住。为什么呢？到了跟你的伙伴们在一起或者是到了一个很适合的场所，你要讲一些新闻，你要付出一些你的东西来交换别人的信息的时候，你就要用到它。草原上的生活就是人们平常把最有意思的事情以自己的方式记录成新闻，在大家聚在一起的时候，你把你的新闻分享出来，以换取别人的新闻，这是特别重要的活动。如果你没有新闻，你没有付出的话，那么大家都会说你，你自己也会有负罪感。而且你会觉得自己好像没有生活。你必须得有一些要让他们觉得很值的东西、交换的信息。这样的行为既是信息的交换，又是平常生活中对自己的给养，我得到了四个人、五个人的新闻，很多事情我可以串联起来，我可以分析事情，我不需要专门为了这件事情跑到好几个人那里去问去考察，我只通过一些人的分享就可以知道很多我想知道的。所有这些发生的地方，是在草原的商店里面。商店既是生活物品的买卖场所，又是信息的交换场所，也是你释放自己、换回其他东西的交易场所。你可以在那喝酒，它是酒馆；你可以在那里要钱，它是赌场。生活中的商店为什么在过去是最受欢迎的，而且是人最多的地方，就在于这儿你能做很多事情。但是，商店是男人最喜欢待的地方，却不是女人最喜欢的。女人甚至害怕，因为男人去了之后就一去不回呀，商店让男人乐不思蜀。就像我父亲，他最了不起的一次是失踪了几十天，无影无踪。而平常那种消失三五天的都是常见的事情。很多时候他喝酒了跟着别人走了，他的马就在商店门口拴马柱上，拴个三天时间也是常有的事，我经常得去把马牵回来，再给他换一匹马。要不然马就要饿死了。商店最壮观的景观就是拴马柱，旁边的马粪堆积成山。夏天的时候那里的苍蝇像一片乌云一样在马粪上起起落落。所有草原上的男人们都骑着马来商店，拴在那里，喝酒醉了之后，好几天都把马给忘了，跟朋友们走到别的地方去喝酒的时候，可能就骑着别人的马走了。然后他们自己的马就在那儿刨地，先吃草皮，吃完了之后刨草根，草根吃完了之后还得吃马粪。马吃马粪的时候，它得将两片嘴皮翘起来，灵巧地剥出马粪里面的一点草籽来吃。那时候的商店，是男人们的天堂、女人们的灾难。男人一走了之，家里面牛多，羊多，孩子又小，女人就遭殃了，受很大的苦，活生生的事实一天天发生，一天天变化。男人们快乐着，不要说我父亲，就我那么小，每天看着河对岸的商店聚集区，都心动不已。尤其是出现了台球室以后，我也像那些男人们一样，向往并想方设法去商店，我不喝酒，我也没钱买东西，但是打台球什么的还可以，没有钱玩了，就站在那儿看别人玩也挺满足的。然后看时间差不多了，估摸着母亲已经处在了发火的边缘了，我赶紧回家……

这种生活就是文学的真实。

我后来开始写作，这些经历就是我的文学创作中最宝贵的养料。因为很多时候我不需要刻意去寻找，一个故事就在我记忆深处，我只要找到合适的叙事方式，写出小说的真实性，它里面就包含了很多很多，它就是一个世界。

没有天生的作家，有的是天然的生活给予了写作最本质的基石，这才是真实的开始。